La princesse en péril

J'AI LU

Barbara Cartland est une romancière anglaise dont la réputation n'est plus à faire.

Plus de trois cents romans variés et passionnants mêlent aventures et amour.

Les Éditions J'ai Lu *en ont déjà publié plus d'une centaine que vous retrouverez dans le catalogue gratuit disponible chez tous les libraires.*

Les Éditions J'ai Lu *publient également* Les romans préférés de Barbara Cartland, *un choix des livres qui ont enchanté sa jeunesse.*

Barbara Cartland

La princesse en péril

traduit de l'anglais par Horace CASSIDY

Éditions J'ai Lu

Ce roman a paru sous le titre original :

A PRINCESS IN DISTRESS

NOTE DE L'AUTEUR

Marienbad, l'une des plus belles stations thermales d'Europe, s'appelle aujourd'hui Mariánské Lázně, et se trouve en Tchécoslovaquie. Ses eaux sont toujours excellentes pour la santé, mais l'on n'y voit plus guère de monarques, à l'ombre de la célèbre colonnade en fonte, érigée en 1889.

Le palais de la famille Eszterházy à Fertöd, gravement endommagé au cours de la dernière guerre, est devenu un musée, que plus de cent mille touristes visitent chaque année.

La toile de fond de ce roman est historique : la politique de la Belle Epoque, les voyages du roi Edouard d'Angleterre, surnommé « l'Oncle de l'Europe », ses démêlés avec son neveu, l'empereur Guillaume d'Allemagne, et son rôle dans l'élaboration de l'*Entente cordiale,* tout cela est authentique et appartient à notre passé.

Comme n'avait cessé de le craindre le roi Edouard, ce sont les généraux et le haut commandement allemands qui contraignirent finalement le kaiser à déclarer la guerre en 1914.

1905

1

Lord Arkley traversa le petit salon de son appartement et sortit sur le balcon. Il faisait nuit. Les étoiles scintillaient dans le ciel et les lumières de l'hôtel éclairaient le parc. Au loin, on pouvait voir la petite ville illuminée, enchâssée dans le panorama sombre d'une vallée boisée.

Ce n'était pas la première fois que lord Arkley venait à Marienbad. L'endroit était plus attrayant et plus agréable que les autres stations thermales mises à la mode par Edouard VII.

Chaque année, en effet, après les régates de Cowes, le roi partait prendre les eaux à l'étranger. Il avait d'abord accordé sa préférence à Hombourg qui, de ce fait, était devenue un pôle d'attraction pour tous ceux qui le connaissaient ou souhaitaient faire sa connaissance. Mais il s'était maintenant entiché de Marienbad, petite ville située dans une agréable vallée de Bohême, à quelque six cents mètres d'altitude.

Jouissant, depuis plusieurs années déjà, de la faveur de Sa Majesté, Marienbad était devenue la ville d'eaux favorite d'un grand nombre de représentants des plus vieilles familles d'Europe.

Bien qu'il fût en vacances et voyageât incognito sous le nom de « duc de Lanchester », le roi rencontrait en permanence des hommes d'Etat, des courtisans, des politiciens, des hauts fonctionnaires, et il lui était impossible d'échapper tout à fait aux responsabilités de sa charge. D'ailleurs, il n'avait aucun désir de s'y soustraire : après avoir été longtemps tenu à l'écart par sa mère – qui ne lui avait jamais laissé mettre le nez dans les affaires de l'Etat –, il montrait une satisfaction presque puérile à se voir confier enfin des secrets importants. Et, à présent qu'il était sur le trône, ses collaborateurs commençaient à comprendre que ses nombreux contacts avec les dynasties régnantes, son charme, son tact, son réel talent pour faire parler les hommes et leur soutirer des confidences faisaient de lui un ambassadeur itinérant de tout premier ordre, et sa réputation d'excellent diplomate ne fit que croître d'année en année.

Pour l'heure, il attendait avec impatience les résultats d'une mission secrète que lord Arkley venait précisément de mener à terme. Mais celui-ci était fatigué et n'avait aucune envie de solliciter du roi une audience privée avant le lendemain matin.

Lord Arkley avait dîné dans le train et il se sentait bien. Le seul réconfort dont il avait besoin était la coupe de champagne qu'il tenait à la main. Sa tension se relâchait enfin. Il lui était agréable de respirer l'air embaumé des pinèdes, et il se dit, avec un petit sourire, qu'il s'accorderait peut-être le plaisir de prendre les eaux le lendemain.

Les sources de Marienbad étaient réputées pour leur haute teneur en fer – la plus forte de toutes les sources thermales du globe –, et il estimait que, dans l'immédiat, il avait un besoin urgent de se forger des nerfs d'acier.

On entendait au loin les accords d'un orchestre. Cette musique, jointe à la lumière des étoiles, la senteur des pins et le parfum des fleurs du jardin de l'hôtel, composaient une atmosphère idyllique. Mais lord Arkley, désabusé, était déjà certain d'une chose : il n'aurait vraiment pas de temps, durant son séjour, à consacrer à une idylle.

Soudain, un cri le fit sortir de sa rêverie. C'était un petit cri douloureux, comme la plainte d'une biche prise au piège...

Puis il entendit une voix suppliante :

– Je vous en prie, Friedrich... lâchez-moi! Demain, vous regretterez votre conduite.

C'était une voix de femme, qui s'exprimait en anglais. Il y avait, dans son intonation, une nuance d'effroi tout à fait pathétique. Un homme lui répondit, en allemand. Il pestait et jurait avec une telle grossièreté qu'il devait être complètement ivre.

– Je vous en prie... Friedrich... S'il vous plaît... Arrêtez de me fouetter! Vous savez bien qu'il ne faut pas...

Il y eut un son guttural, suivi d'un autre cri qui s'acheva en un gémissement étouffé.

Consterné, lord Arkley regarda autour de lui et comprit bientôt que le couple se trouvait dans l'appartement voisin du sien.

L'hôtel *Weimar* était un imposant édifice crépi de jaune, l'archétype des hôtels de luxe que l'on construisait alors d'un bout à l'autre de l'Europe. Il comportait des suites, des chambres, et même des mansardes pour les domestiques. Un balcon de pierre, très large, courait tout le long du premier étage où se trouvaient situées les plus belles suites.

Lord Arkley devina que le dialogue qu'il venait de surprendre lui était parvenu par les portes-fenêtres ouvrant sur ce balcon. Quoi qu'il en soit, il lui était impossible d'intervenir. Mais, en bon Anglais, il serra les poings quand il entendit de nouveau ce qui ne pouvait être que le sifflement d'un fouet et un petit cri d'animal blessé.

« C'est intolérable! pensa-t-il, la mort dans l'âme. Comment ce maudit Allemand ose-t-il traiter quelqu'un de cette façon? Et à plus forte raison une femme? »

Les coups retentirent de plus belle. Un sanglot déchirant s'éleva, si pitoyable que n'importe quel homme, ivre ou non, aurait dû en éprouver de la honte. Cet Allemand n'était qu'une brute, il était pire qu'une bête.

Enfin, au grand soulagement de lord Arkley, il y eut une accalmie. Quelqu'un était entré dans la pièce; une troisième voix, de toute évidence celle d'un domestique, dit en allemand :

– Venez, Altesse. Il est temps de vous mettre au lit. Je supplie Votre Altesse Royale de me donner ce fouet. Vous en avez fait assez!

Une nouvelle explosion de jurons, d'une rare obscénité, s'ensuivit. Le ton du domestique était à la fois apaisant et impérieux; la voix grasseyante de l'ivrogne commençait à s'éteindre, comme s'il était entraîné hors de la pièce. Puis ce fut le silence total. La jeune femme s'était-elle évanouie? Y avait-il au moins quelqu'un près d'elle pour la secourir?

Lord Arkley resta debout à attendre, dans les dispositions d'un gentleman qui, ayant surpris le début d'un drame, se doit d'en connaître le dénouement.

Il alla s'appuyer contre la balustrade. Il s'interrogeait. Qui donc, parmi les nombreuses altesses royales allemandes, pouvait se révéler aussi grossier et aussi brutal?

Les balcons de chaque suite étaient séparés les uns des autres par de petits murets de pierre, surmontés à hauteur d'homme par des treillis, formant cloisons, sur lesquels grimpaient rosiers, glycines et autres plantes ornementales. A travers ces végétations, il était relativement facile de voir ce qui se passait sur le balcon voisin, et lord Arkley aperçut bientôt une femme qui, sortant d'une pièce éclairée, se dirigeait vers la balustrade. A la façon dont elle se déplaçait, il comprit qu'elle souffrait et que, sur le point de s'évanouir, elle cherchait un peu d'air frais. Et en effet, quand elle atteignit la balustrade, elle s'y cramponna à deux mains pour ne pas tomber.

A la lumière des étoiles et des éclairages du jardin, lord Arkley la distinguait maintenant assez nettement.

Tout de blanc vêtue, elle était, ou très menue, ou très jeune. Il crut même un instant avoir affaire à une enfant et sentit monter en lui une véritable fureur.

Mais « l'enfant », sans lâcher la balustrade, leva son visage vers les étoiles et lord Arkley vit qu'il s'agissait bien d'une femme.

Ses traits délicats, aristocratiques même, son cou long et ravissant, se découpaient sur le ciel. Non, ce n'était certainement pas une enfant qui portait ces diamants dans les cheveux et ces autres qui brillaient autour du décolleté de sa robe du soir.

Elle respirait profondément, sans doute pour lutter contre l'évanouissement auquel elle avait dû succomber quelques instants auparavant. Puis, avec un petit sanglot, elle se retourna et, très lentement, regagna sa chambre.

Lord Arkley, la regardant disparaître, finit précipitamment son verre de champagne : il en avait diablement besoin!

Qui pouvait-elle bien être? Et comment était-il possible qu'un être aussi exquis soit traité de façon aussi inhumaine?

Il n'avait pas clairement vu son visage mais, sans savoir pourquoi, il était persuadé qu'elle était très belle. Il faut dire qu'il s'y connaissait en femmes. Sa Majesté le taquinait parfois à ce sujet :

– J'ignore qui est le plus dangereux séducteur de nous deux, Arkley. Par bonheur, j'ai de l'avance sur vous!

Cette plaisanterie amusait tellement le roi qu'il l'avait renouvelée à plusieurs reprises. Lord Arkley était pourtant discret; mais, même s'il ne parlait jamais de ses liaisons amoureuses, il lui était impossible de les tenir entièrement secrètes, comme le roi savait le faire, lui.

Les jolies femmes, et il y en avait un grand nombre à la cour, laissaient clairement entendre à qui voulait bien les comprendre qu'elles étaient tout à fait disposées à recevoir lord Arkley dans leur lit. Quant à lui, il n'aurait pas été homme s'il n'avait profité de faveurs si généreusement offertes.

Il était entendu une fois pour toutes que, pour les membres du Marlborough Set et les privilégiés qui avaient désormais leurs habitudes au palais de Buckingham, le seul commandement à respecter était : « Tu ne causeras pas de scandale. » Les aventures galantes étaient donc organisées avec une discrétion extrême mais, pourvu qu'on ne soit pas pris, tout était permis.

Lord Arkley, pour sa part, essayait actuellement de mettre un terme à sa plus récente liaison, non sans quelque difficulté : les doux bras parfumés de sa dernière maîtresse, devenue trop possessive et trop exigeante, tentaient encore de le retenir comme les serres d'un oiseau de proie.

C'est qu'il aimait sa liberté. Il voulait à toute force rester son propre maître; il était d'un naturel beaucoup trop dominateur pour se laisser asservir, et bien qu'il se montrât un amant ardent et sensible, il savait toujours garder ses distances. Aucune femme, malgré toutes les cajoleries du monde, n'en ferait jamais son esclave.

Aussi, cette décision du roi de l'envoyer en mission spéciale à Marienbad avait été pour lui un soulagement. En quittant l'Angleterre, il échappait à des problèmes personnels. En tout cas, il pensait avoir clairement fait comprendre à l'intéressée que leur liaison ne serait pas renouée à son retour.

Pourtant, avec ce tempérament autoritaire, il n'en était pas moins délicat et chevaleresque. Ainsi lui apparaissait-il de plus en plus inconcevable que se fût réellement produit l'incident dont il avait été le témoin fortuit.

Comme il regagnait son salon, il songea qu'il lui serait difficile de trouver le sommeil avant d'avoir assouvi sa curiosité.

Heureusement, il y avait Hawkins, son valet de chambre. Celui-ci, à son service depuis dix ans, partageait tous les secrets de son maître. Homme de la campagne, il avait grandi dans les domaines de lord Arkley. Bien que fils d'un simple garde-chasse, il était doué d'une vive intelligence, et lord Arkley avait vite compris que ce jeune homme serait pour lui un atout des plus utiles. Et il ne s'était pas trompé : Hawkins excellait dans l'art de tirer les vers du nez aux autres domestiques, et il rapportait parfois à son maître des informations extrêmement précieuses. En outre, dans maintes circonstances, il avait joué les messagers de Cupidon avec un tact exemplaire.

Hawkins, pour l'instant, vidait le contenu d'une grande malle de cuir. Il avait déjà soigneusement rangé les brosses à cheveux à dos d'ivoire et autres accessoires de toilette dans la grande coiffeuse en acajou.

– Laissez cela pour l'instant, Hawkins, ordonna lord Arkley. J'aimerais que vous me rendiez un service. Essayez de savoir qui habite la suite voisine. J'ai cru comprendre qu'il s'agissait d'altesses royales.

– J'en fais mon affaire, milord, répondit Hawkins.

Il installa sur un cintre le manteau qu'il tenait à la main et l'accrocha dans la penderie. Puis, sans autre commentaire, il sortit.

Lord Arkley se versa une coupe de champagne et se mit à réfléchir. Il était irrité de n'avoir su identifier son voisin sur-le-champ. Il connaissait presque tous les souverains européens, du fait de sa position au sein de la maison royale; et, en apparence, ceux-ci se montraient toujours chaleureux, quels que soient leurs sentiments réels.

Hawkins fut bientôt de retour, car il était passé expert dans l'art de faire parler les femmes de chambre, surtout quand elles étaient jolies.

– Eh bien, Hawkins?

– La suite voisine est occupée par Son Altesse Royale le prince Friedrich de Wilzenstein et Son Altesse Royale la princesse Mariska, milord.

– Mon Dieu! s'exclama lord Arkley. Je vous

remercie, Hawkins, ajouta-t-il. C'est tout ce que je désirais savoir.

Le valet retourna dans la chambre à coucher, et lord Arkley s'installa confortablement dans un fauteuil pour réfléchir.

L'idée que Friedrich, grand-duc de Wilzenstein, pût être l'odieux personnage du drame ne lui avait même pas traversé l'esprit. Cela n'avait rien de surprenant, pourtant. Certes, la conduite du grand-duc n'était guère excusable, mais on pouvait lui accorder certaines circonstances atténuantes. En effet, environ trois ans auparavant, toute l'Europe, et particulièrement les cours royales, avait été bouleversée et horrifiée par l'attentat perpétré lors de son mariage avec la comtesse Mariska Eszterházy.

Un anarchiste – qui en voulait à tous les chefs d'Etat, en particulier à ceux d'origine allemande – avait lancé une bombe sur les jeunes mariés, au moment où leur carrosse s'éloignait de l'église pour gagner le château où devait avoir lieu la réception.

La mariée s'en était tirée indemne, mais les médecins pronostiquèrent que le prince, dont la colonne vertébrale avait été sérieusement atteinte, resterait cloué dans un fauteuil roulant pour le reste de sa vie. Une vague d'horreur avait parcouru les cours d'Europe; chaque monarque redoutait d'être la prochaine victime.

Cette infirmité avait dû être d'autant plus pénible pour Friedrich qu'il était un des princes allemands les plus en vue et les plus admirés de ses contemporains. De haute stature, séduisant, il avait bon nombre de duels à son actif. Lord Arkley avait toujours eu de l'aversion pour lui; mais, à la suite de son accident, il n'en avait pas moins éprouvé une grande compassion à son égard.

Comme on pouvait s'y attendre, le couple infortuné s'était retiré du monde et, la première année, on avait même craint pour les jours du prince.

Lord Arkley se rappelait maintenant avoir entendu dire que Son Altesse Royale allait de ville d'eaux en ville d'eaux, à la recherche d'une guérison miraculeuse. Mais il paraissait incroyable, quel que pût être son martyre, qu'il soit tombé si bas, qu'il en soit arrivé à battre sa femme – d'autant plus que celle-ci, à en juger d'après les apparences, ne semblait guère susceptible de lui fournir motif à le faire.

Les Eszterházy étaient l'une des plus vieilles et des plus nobles familles de Hongrie. Ses membres étaient disséminés à travers tout le pays. Toutefois, la branche à laquelle appartenait la comtesse Mariska était d'importance secondaire; elle ne faisait pas partie de la riche lignée du prince Miklós, le chef de la famille. C'est pourquoi son mariage avait été salué comme un grand succès pour la jeune fille qui, sans être de sang royal, se trouvait élevée à la monarchie.

Le Wilzenstein, situé entre le Brandebourg et la Saxe, était un très petit Etat, mais la faveur du kaiser lui avait conféré quelque prééminence. Bien éphémère d'ailleurs, car après la tragédie, le pays et son souverain infirme avaient été relégués aux oubliettes.

« La bombe d'un anarchiste peut avoir des effets insoupçonnés », songea lord Arkley. Quoi qu'il en soit, il était bien décidé à refaire connaissance, dès le lendemain, avec le prince Friedrich de Wilzenstein.

Après une bonne nuit de repos, lord Arkley se réveilla tôt : il n'était pas encore 6 h 30.

C'était l'heure où Meidinger, le valet de Sa Majesté, pénétrait dans la chambre de son maître pour tirer les rideaux. Le roi était alors réveillé par une fanfare postée sous ses fenêtres. Ce rituel était toujours un sujet de plaisanterie pour la reine Alexandra, car il se répétait imperturbablement dans les moindres détails. Ainsi, chaque matin, le roi posait invariablement la même question :

– Quel temps fait-il aujourd'hui, Meidinger?

Dès qu'il avait reçu la réponse, il se levait et commençait à s'habiller.

Peu après 7 h 30, on le voyait, flanqué de son secrétaire et d'un écuyer, remonter d'un bon pas la « promenade » appelée *Kreuzbrunnen.*

Lord Arkley, qui n'aimait pas s'attarder au lit, songea que ce serait là le moment opportun pour faire part de son arrivée au roi. En conséquence, il sonna Hawkins, s'habilla et, ayant pris son petit déjeuner au salon, partit à pied en direction de la *Kreuzbrunnen.*

C'était une éclatante matinée d'été. Marienbad n'avait jamais été plus belle. La large avenue bordée d'arbres d'un côté, et d'une imposante colonnade en fonte de l'autre, était la grande promenade à la mode. On prenait les eaux en la parcourant.

Les messieurs, suivant l'exemple royal, portaient des complets gris et arboraient des chapeaux en feutre de Hombourg, au bord relevé.

On les voyait avec une canne ou un parapluie dans une main, et dans l'autre, un gobelet de l'eau sulfureuse de Marienbad, dont ils buvaient quelques gorgées en marchant et en devisant.

D'habitude, les dames ne faisaient leur apparition que plus tard. Vêtues de robes coûteuses et sophistiquées, coiffées d'immenses chapeaux garnis de plumes ou de fleurs, elles maniaient avec élégance une ombrelle, qui devait les protéger aussi bien de la pluie que du soleil.

N'ayant été retardé que par une douzaine d'amis, tous enchantés de le revoir, lord Arkley trouva finalement le roi. Comme on pouvait s'y attendre, celui-ci était en grande conversation avec une séduisante jeune femme qui, prenant de vitesse ses rivales, avait trouvé moyen, en se levant exceptionnellement tôt, d'attirer l'attention de Sa Majesté.

Lord Arkley s'approcha et attendit que le roi en ait terminé avec son entretien, manifestement de nature privée.

– A dix-sept heures! lança-t-il pour conclure. Je me réjouis à l'avance.

Ce qui signifiait qu'il irait rendre visite à la dame en question à l'heure du thé... Ces rendez-vous royaux étaient non seulement avidement recherchés, mais on s'y préparait avec un soin particulier. Des « robes-pour-le-thé » avaient été créées pour l'occasion : ces toilettes se singularisaient par l'absence de corset, et on les portait même généralement sans aucun dessous. Lorsque le roi arrivait, l'appartement était parfumé et les rideaux tirés.

Il n'y avait pas à se méprendre sur l'expression de plaisir qui se peignit sur le visage du roi quand il aperçut lord Arkley. Il lui tendit la main.

– Ainsi vous voilà de retour, Arkley! Je vous attendais hier.

– Je suis arrivé après le dîner, sire, et j'ai pensé qu'il était trop tard pour venir vous voir.

– Il n'est jamais trop tard pour ce que vous avez à m'apprendre. Venez, je suis impatient d'entendre votre rapport.

Il s'éloigna à grands pas de la colonnade pour s'engager dans une petite allée latérale moins fréquentée. Après avoir salué gracieusement deux jeunes femmes qui lui jetaient des œillades incendiaires, il jeta son dévolu sur un banc public au milieu d'une petite pelouse ornée de plates-bandes, où picoraient des pigeons.

Il s'assit. Son secrétaire et son écuyer s'éloignèrent avec discrétion, pour veiller à ce qu'aucun fâcheux ne vienne troubler la conversation.

– Eh bien? demanda le roi.

Il s'installa aussi confortablement que le lui permettait son embonpoint, et prêta à lord Arkley une oreille attentive.

– Tout se passe à peu près comme vous vous y attendiez, sire. Le kaiser cherche délibérément à provoquer une levée de boucliers contre l'Angleterre; les officiers suivent son exemple et se montrent envers nous aussi insolents et méprisants qu'il est possible de l'être.

Le roi hocha la tête.

– C'est bien ce que je craignais.

La jalousie du kaiser à l'égard de son oncle, la façon dont il s'était comporté au cours de la guerre des Boers, ou encore la méchanceté dont il avait fait preuve envers sa mère, anglaise de naissance, avaient rendu le roi inquiet pour l'avenir.

Le kaiser était convaincu que son oncle complotait contre l'Allemagne et il éprouvait un ressentiment croissant à son égard.

– C'est un démon! avait-il déclaré à Berlin lors d'un banquet auquel assistait lord Arkley. Vous n'imaginez pas quel diable d'homme c'est!

D'autres remarques du même genre avaient été proférées, et lord Arkley crut devoir les rapporter loyalement à son roi. Il ne fit pas état, toutefois, des propos que le kaiser tenait en public sur le relâchement moral de la haute société anglaise et, en particulier, sur les relations du roi avec Mme Keppel. Cependant, il avait beau garder soigneusement le silence sur ce chapitre, il n'en était pas moins sûr, pour avoir surpris certains sous-entendus, que le roi était déjà au courant.

Le rapport de lord Arkley comportait encore bien d'autres informations. Il signala que l'Allemagne construisait frénétiquement des navires de guerre – qui seraient plus puissants et efficaces que les navires anglais – et qu'il était désagréablement significatif de voir augmenter d'année en année, sinon de mois en mois, les effectifs de l'armée.

Le roi l'écouta avec attention, comme il le faisait toujours. Puis, il le remercia et se leva.

– Il faudra m'en apprendre davantage. Je veux connaître tous les détails. Mais, pour le moment, je dois prendre de l'exercice. (Avec son célèbre sourire, qui séduisait non seulement les dames mais encore les nations entières, il poursuivit :) Je vous remercie beaucoup Arkley. Je savais que je pouvais compter sur vous, et j'aurai sans aucun doute, très bientôt, besoin à nouveau de vos services. Je vous permettrai néanmoins de vous reposer quelque temps. Vous trouverez ici de très jolies femmes. (Il éclata de rire et ajouta, ironique :) Je vous en ai laissé une ou deux!

– C'est très généreux à vous, sire, fit lord Arkley avec un pétillement malicieux dans les yeux.

– Regagnons ensemble la colonnade, et voyons qui nous pouvons trouver!

Comme ils revenaient sur leurs pas, suivis du secrétaire et de l'écuyer de Sa Majesté, juste avant d'atteindre la *Kreuzbrunnen*, lord Arkley aperçut, venant dans leur direction, un homme dans un fauteuil roulant.

Il était bien difficile de reconnaître en cet infirme le prince Friedrich. Disparu, le beau visage aux traits finement dessinés! L'homme était devenu énorme. Il avait la face bouffie, et les cicatrices laissées sur ses joues par les duels d'antan pommelaient sa peau rougeaude et rugueuse de vilaines boursouflures.

Comment avait-il pu changer à ce point en trois ans? Pourtant, il n'y avait pas à s'y tromper : c'était bien lui, le prince Friedrich!

Marchant à ses côtés, lord Arkley reconnut la frêle silhouette vêtue de blanc qu'il avait entrevue la veille sur la terrasse...

La princesse était aussi belle qu'on la lui avait décrite au moment de son mariage. Très mince, elle avait une peau d'albâtre, presque transparente. Ses yeux, immenses, semblaient remplir tout son visage, et on lisait l'angoisse et une douleur infinie dans leurs sombres pupilles.

Ses cheveux étaient noirs et non pas roux comme l'avait présumé lord Arkley de ce qu'elle était hongroise. Quelque chose de tout à la fois surnaturel et ténébreux émanait de sa personne, comme si elle était à peine humaine ou venue d'un autre monde.

A la vue du roi, l'homme qui poussait le fauteuil roulant du prince Friedrich s'écarta poliment sur le bas-côté du chemin. Lord Arkley remarqua que le prince et la princesse étaient suivis par deux hommes : sans doute des gardes du corps.

Le roi leva son Hombourg à bord arrondi.

– Bonjour, Friedrich, s'écria-t-il de sa voix la plus chaleureuse. Bonjour, Mariska!

Le prince grommela quelque chose mais la princesse lui fit une révérence charmante. Avec une grâce qui avait de quoi surprendre chez un homme de cette corpulence, le roi lui fit un baise-main empressé.

– C'est une merveilleuse journée, dit-il, et votre beauté en rehausse encore l'éclat...

Un sourire illumina les traits de la princesse, effaçant un moment la tristesse de son visage.

– Votre Majesté a toujours des mots aimables à mon égard, répondit-elle d'une voix douce et mélodieuse.

– Laissez-moi vous présenter un Anglais irrésistible qui vient d'arriver, poursuivit le roi. Je disais à l'instant à lord Arkley qu'il rencontrerait des femmes divinement belles à Marienbad... Et vous voici!

La princesse lança à lord Arkley un regard timide. Le roi posa une main sur l'épaule du prince Friedrich.

– Je crois, lui dit-il, que vous connaissez déjà Arkley, Friedrich.

– Je me suis rendu au Wilzenstein il y a quelques années, sire, intervint lord Arkley, et vous avez bien voulu vous montrer d'une extrême bonté envers moi. Je me souviens d'une excellente journée où nous nous sommes beaucoup divertis à chasser le chamois.

– Je m'en souviens, répondit le prince Friedrich d'un ton bourru. Comme vous pouvez le constater, ce genre de divertissements est terminé pour moi.

– Je ne peux rien offrir d'autre à Votre Altesse Royale que ma plus profonde sympathie.

Le roi avait détourné la tête et conversait avec la princesse. Visiblement, l'attitude renfrognée du prince déplaisait grandement à Sa Majesté. Lord Arkley, estimant qu'il se devait de faire un effort, continua :

– Je rentre tout juste d'un séjour dans le Brandebourg et la Saxe, sire.

– Tout juste?

Le prince semblait visiblement intéressé.

– En fait, reprit lord Arkley, j'ai accompli un périple assez complet. J'ai particulièrement apprécié mon séjour dans la Hesse.

Le prince, pourtant revêche habituellement, paraissait à présent captivé et, pendant un moment, il se prêta même de bonne grâce à la conversation. Mais, soudain, d'un ton acerbe, il lança à brûle-pourpoint à l'homme chargé de pousser son fauteuil :

– C'est l'heure de mon massage!

– Vous avez encore cinq minutes, Votre Altesse Royale, répondit celui-ci.

– Ne discutez pas! Contentez-vous d'avancer! Et vite!

C'était un ordre quasiment militaire, comme si le prince Friedrich avait été sur un terrain de manœuvres. L'homme n'insista pas et se mit, sur-le-champ, en devoir de pousser le fauteuil.

Lord Arkley avait tout de suite reconnu sa voix. C'était celle-là même qu'il avait entendue, la nuit précédente, exhorter le prince à lâcher son fouet.

Mariska souriait en ce moment à quelque plaisanterie du roi et, l'espace d'un instant, elle parut jeune et heureuse. Il était loin, le temps où elle partait pour l'église, radieuse, enviée de toutes ses amies, parce qu'elle allait devenir princesse régnante, grande-duchesse d'un pays – petit certes, mais prospère. En fait, il était peu probable qu'elle ait été amoureuse de son fiancé; lui, en revanche, devait l'être, pour l'avoir choisie, elle, qui n'était pas de sang royal. Mais, amoureuse ou pas, c'eût été un martyre pour n'importe quelle jeune fille de subir pareille épreuve le jour de ses noces! Voir son avenir transformé d'un seul coup à cause d'une bombe lancée par la main d'un justicier...

– Venez donc dîner avec moi un soir, lui proposa le roi.

– Friedrich ne me laissera pas sortir seule, répondit-elle, et lui-même ne veut jamais aller nulle part.

– Il faut essayer de le persuader. Dans de telles circonstances, il ne sert à rien de rester chez soi à broyer du noir.

– Oh! Je supplie Votre Majesté de le convaincre d'accepter cette invitation!

Elle jeta un regard vers l'extrémité de l'allée où disparaissait déjà le fauteuil de son mari.

– Je dois partir! ajouta-t-elle d'une voix apeurée.

Elle fit une révérence au roi et leva furtivement les yeux vers lord Arkley. Puis, avec la légèreté d'un jeune faon, elle s'enfuit.

– Pauvre enfant! fit doucement le roi. (Puis après une courte pause, il s'empressa d'ajouter :) Pauvre diable! Quelle vie! A sa place, je préférerais la mort!

Lord Arkley était d'accord sur ce point, mais il n'eut pas le temps de le dire.

Ils se trouvaient de nouveau sur la *Kreuzbrunnen.* La matinée était plus avancée et les dames avaient fait leur apparition. Semblables à des fleurs de printemps, elles avaient le teint si frais qu'il était parfaitement inutile, pour elles, de prendre les eaux – ce qu'elles faisaient pourtant consciencieusement.

Le roi était là dans son élément. Il n'y avait rien qu'il appréciât davantage qu'un auditoire de jolies femmes prêtes à se plier à toutes ses taquineries. Il aimait être le boute-en-train de l'assistance. Et comme il n'avait aucune fonction officielle à remplir, il lui était toujours possible de se laisser tenter par quelque aventure...

Mais il n'était pas le seul à se faire des amies au *Kurhaus*. Il y avait là bon nombre de dames dont la seule préoccupation était de nouer des liens étroits avec lord Arkley. Au fond de leurs yeux scintillait cette lueur attentive qu'il ne connaissait que trop bien : provocante et, bien sûr, aguichante.

Tout cela était plutôt divertissant, mais lord Arkley avait l'esprit complètement occupé par le drame qui s'était déroulé dans la suite voisine de la sienne.

La princesse Mariska était sans doute la plus belle de toutes les femmes qu'il avait aperçues à Marienbad jusqu'à présent...

Elle était même une des femmes les plus belles et les plus exceptionnelles qu'il lui ait été donné de rencontrer au cours de sa vie!

2

– Il ne fait pas de doute, sire, expliquait lord Arkley, que les Allemands commencent à faire des cauchemars à l'idée d'un pacte entre l'Angleterre, la France et la Russie.

– C'est bien mon avis...

Sa Majesté avait envoyé chercher lord Arkley, et tous deux étaient à présent assis dans le salon du roi au *Weimar*. La pièce avait été décorée et meublée avec un goût pompeux, censé plaire à un roi d'Angleterre. En face d'une grande cheminée lambrissée d'acajou, étaient disposés deux confortables fauteuils de cuir. Cela amusait toujours lord Arkley de voir que la suite royale était spécialement décorée chaque année dans un style différent. En vérité, il ne s'agissait pas là d'une extravagance ruineuse. L'hôtelier y trouvait toujours son compte : après le départ de son illustre visiteur, tous les meubles et les tapis dont il avait fait usage étaient vendus comme souvenirs à des prix bien supérieurs à leur valeur réelle.

Le roi était déjà au courant de la majeure partie des nouvelles que lord Arkley lui apportait. Il s'était engagé à fond dans l'*Entente cordiale*, récemment négociée entre la France et la Grande-Bretagne.

Quand, une heure plus tard, lord Arkley quitta la suite royale, il était en possession d'un secret qui, s'il s'était ébruité, aurait plongé les Allemands dans de vives inquiétudes. En effet, le roi lui avait révélé la teneur des instructions ultra-secrètes que le général Brun, chef de l'état-major français, avait fait parvenir au début du mois à son attaché militaire à Londres. Il s'agissait d'examiner quelle aide concrète l'armée britannique pourrait apporter à la France, en cas de guerre avec l'Allemagne.

Lord Arkley ne chercha pas à savoir comment le roi avait été mis au courant de cette information confidentielle. Mais quelque chose lui dit que c'était là le premier maillon d'une série de discussions et d'accords entre les états-majors des deux pays, avec pour conséquence une union plus étroite entre l'Angleterre et la France, face à la puissance et aux ambitions du haut commandement allemand.

– Je vous suis très reconnaissant, avait déclaré le roi à l'issue de leur entretien qui avait duré plus d'une heure. Je vous tiendrai au courant, jour après jour, des développements de ce projet mais, surtout, pour l'amour du Ciel, surveillez vos propos pendant votre séjour à Marienbad. J'ai l'impression que mon neveu a des espions partout.

Lord Arkley était du même avis. Aussi ne s'étonna-t-il pas, en sortant de chez le roi pour regagner son propre appartement, d'apercevoir dans le corridor, resplendissants dans leurs uniformes prussiens, deux officiers allemands. Il ne pouvait distinguer leurs visages, mais leurs galons indiquaient qu'il s'agissait d'officiers de haut rang. Ils allaient visiblement chez le prince Friedrich. S'ils lui faisaient une visite de politesse de la part du kaiser, cela prouvait au moins que ce dernier avait gardé une certaine considération pour le jeune souverain malheureux, qui l'avait si bien servi dans le passé.

Lord Arkley rentra chez lui en se demandant

comment il pourrait s'arranger pour revoir le prince Friedrich et, surtout – il devait l'avouer –, la princesse Mariska.

Dès la fin de sa première journée à Marienbad, lord Arkley se trouva entraîné dans le tourbillon des réjouissances habituelles que la station dispensait à foison. Il avait reçu une avalanche d'invitations pour des dîners officiels où le roi était l'invité d'honneur, pour des déjeuners, des bridges et des soirées théâtrales.

Il avait déjà renoué des liens d'amitié avec la princesse Joachim Murat et la marquise de Ganay, toutes deux femmes charmantes, séduisantes, et amies de longue date de Sa Majesté. Il comptait sur elles pour accaparer l'attention du roi. Celui-ci, en effet, grand amateur d'intrigues et friand de ce qu'il appelait des « histoires d'espionnage », s'était mis à réclamer sa présence plus souvent qu'il n'était strictement nécessaire.

« Je suis, moi aussi, en vacances, maugréa in petto lord Arkley, et, tout comme le " duc de Lanchester ", je souhaiterais les passer incognito ! »

Durant les trois semaines de son voyage en Allemagne, il avait fait, comme il disait, de « l'excellente besogne », en récoltant bon nombre d'informations. A présent, il voulait tout oublier, hormis son propre bon plaisir, ce qui signifiait : faire plus ample connaissance avec la princesse Mariska.

En ce moment, il faisait nerveusement les cent pas sur sa terrasse, espérant l'apercevoir de l'autre côté du treillage. Mais la chambre voisine restait déserte. Nul écho de voix ne lui parvenait par la fenêtre ouverte.

Désappointé, et désireux de se changer les idées, il était sur le point de partir – il envisageait d'aller faire un tour au casino ou de rendre visite à l'une des jolies femmes qui l'avaient supplié de passer chez elles – quand il entendit la voix de stentor du prince :

– Vous voilà! Où diable étiez-vous passée?

– Je vous avais prévenu, Friedrich. J'avais promis à la duchesse d'aller la saluer. Elle est très âgée et ne peut presque jamais quitter son appartement. Elle voulait me rencontrer... pour me demander de vos nouvelles.

– Quand j'aurai envie de vous voir jouer les gouvernantes auprès d'une vieille bonne femme assommante qui devrait être morte depuis longtemps, je vous le ferai savoir!

– Je suis désolée, Friedrich.

– C'est bien le moins! J'ai eu des visiteurs! Vous auriez dû être là pour les recevoir!

– Des visiteurs?

Il était malaisé de saisir ses paroles, car elle s'exprimait avec douceur et affabilité. Quant au prince, il était en colère, il criait à tue-tête, et chacun de ses mots était parfaitement audible.

– Le baron von Echardstein et l'amiral von Senden sont venus spécialement pour me voir.

– Oh! Friedrich! C'est merveilleux! Je suis tellement heureuse!

– Vous voyez, quoi que vous puissiez en penser, je ne suis pas complètement hors course!

– Vous savez bien que je n'ai jamais pensé cela.

– L'empereur a besoin de mon aide.

Il y avait, dans la voix pâteuse du prince Friedrich, une pointe de vantardise qui irrita lord Arkley. Jusqu'ici, il avait suivi la conversation pour le seul plaisir d'entendre la voix de la princesse.

– Comment pouvez-vous les aider, Friedrich?

– Je ne vois pas en quoi cela vous concerne!

Enfin... vous verrez bien! Pour l'instant, faites ce que je vous ordonne! Et pour commencer, apportez-moi à boire.

– Croyez-vous que ce soit sage? Vous savez ce qu'a dit le médecin...

– *Gott im Himmel!* Allez-vous cesser d'argumenter? Obéissez-moi! Vous êtes stupide et inutile! C'est à cause de notre mariage que je me trouve dans cet état. En conséquence, vous pourriez au moins faire ce que l'on vous demande!

Le prince hurlait, et la princesse ferma la fenêtre, craignant sans doute d'être entendue des appartements voisins, ou même du jardin.

Lord Arkley regagna son salon : il ne percevait plus que des beuglements indistincts.

Que pouvaient bien vouloir le général baron von Echardstein – qui, à une époque, avait été chargé d'affaires à Londres – et l'amiral von Senden? Dans la condition physique où se trouvait le prince Friedrich, il semblait peu probable qu'il puisse être d'une quelconque utilité au kaiser. Pourtant, il avait clairement laissé entendre qu'il était encore capable de rendre service. Qu'attendait-on de lui?

Cela pouvait-il avoir un rapport quelconque avec la présence du roi dans cet hôtel?

L'espace d'un instant, lord Arkley estima qu'il était de son devoir de rapporter à Sa Majesté ces propos surpris par hasard. Mais cela le gênait d'avouer qu'il s'était permis d'écouter aux portes. Et il était absolument persuadé que le roi, avec son extraordinaire perspicacité, se rendrait vite compte qu'il ne s'intéressait pas en réalité au prince Friedrich, mais bien à la princesse Mariska.

« Ce n'est pas tellement qu'elle m'attire, essaya de se convaincre lord Arkley, mais je suis consterné de voir une personne aussi jeune et aussi jolie enchaînée à une pareille brute... quelles que soient les excuses qu'on puisse trouver pour justifier son comportement. »

Il tenta également de se persuader que l'une des raisons de sa sollicitude venait de ce que la princesse était à demi anglaise. Au cours de la nuit, il s'était rappelé – alors que, comme par hasard, il s'était réveillé en pensant à elle – que sa mère était une fille du duc de Dorset. Voilà qui expliquait son anglais impeccable, et pourquoi cette langue lui venait plus facilement aux lèvres que l'allemand lorsqu'elle était effrayée.

Lord Arkley soupira, puis il prit son chapeau et sa canne, et quitta l'hôtel, le front soucieux. Traversant les jardins du *Weimar*, il remonta l'allée qui menait au *Kurhaus*.

Il avait toujours détesté jouer pendant la journée, mais il savait qu'il retrouverait nombre de vieilles connaissances au casino. La présence du roi Edouard attirait les visiteurs à Marienbad et cet établissement rivalisait à présent avec les salles de jeux de Hombourg et de Monte-Carlo.

La première personne qu'il rencontra fut sir Henry Campbell-Bannerman, leader du parti libéral. Par égard pour sa femme malade, celui-ci venait régulièrement à Marienbad depuis plusieurs années.

– Content de vous voir, Arkley! s'écria sir Campbell-Bannerman. Je suppose que vous êtes venu pour assister au cirque de Sa Majesté! Pour ma part, je commence à trouver ça de plus en plus épuisant.

Lord Arkley se mit à rire. Sir Henry avait désapprouvé le roi avant d'avoir été amené à le connaître mieux. Sa Majesté, de son côté, n'aurait jamais cru avoir des affinités avec ce libéral, qui s'était très souvent attaqué à Arthur Balfour. Pourtant, un jour, il l'avait invité à déjeuner et l'avait jugé extrêmement agréable, grâce aux histoires qu'il savait raconter, à ses reparties, à ses plaisanteries et à ses compétences gastronomiques. Par la suite, chaque fois que le roi arrivait à Marienbad, il exigeait que Campbell-Bannerman soit là pour le divertir.

Lord Arkley demanda en souriant :

– Que vous arrive-t-il? Vous êtes fatigué?

– Oui, répondit sir Henry. Je me suis trouvé trop étroitement associé aux incessantes réceptions de Sa Majesté. Son énergie et son appétit sont insatiables. Je vous assure, Arkley, pour moi, il n'y a plus ni repos ni vacances.

Lord Arkley partit d'un grand éclat de rire. Sir Henry ajouta :

– Je vais vous montrer quelque chose qui amusera beaucoup le roi.

– Quoi donc?

Sir Henry lui tendit un magazine illustré. Sur une photo, on pouvait voir Edouard VII et sir Campbell-Bannerman en grande conversation dans les jardins du *Kurhaus*. Le roi se frappait la paume de son poing serré, tandis que sir Henry l'écoutait avec la plus grande attention.

Lord Arkley considéra la photo quelques instants. Une légende l'accompagnait :

C'est la paix – ou la guerre?

Il rendit l'illustré en déclarant :

– J'aimerais poser la même question.

– L'important sujet sur lequel Sa Majesté désirait connaître mon opinion, répondit sir Henry, était de savoir si le flétan est meilleur bouilli ou cuit au four!

Lord Arkley éclata de rire. Puis il se dit qu'il avait devant lui une personne digne de confiance. Pourquoi ne pas s'entretenir librement avec sir Henry au sujet de cette rencontre des représentants du haut commandement allemand avec le prince Friedrich? Il s'apprêtait à lui en parler, quand quelque chose l'arrêta. C'était là un problème qui ne concernait que lui... A moins que ce ne fût par souci de protéger la princesse... Quoi qu'il en soit, il n'avait, tout à coup, plus aucune envie d'évoquer le prince ou la princesse du Wilzenstein avec sir Henry Campbell-Bannerman, ni avec quiconque d'ailleurs.

Il quitta donc le casino et, plongé dans ses pensées, regagna le *Weimar* à pied.

Allait-il accepter l'une des nombreuses invitations à dîner qu'il avait reçues? Il y avait en permanence, à l'hôtel, des chasseurs chargés de porter lettres ou messages dans tous les coins de la ville. Généralement, ils n'avaient pas à aller bien loin : la plupart des visiteurs de marque résidaient au *Weimar*, et les autres étaient disséminés dans les hôtels voisins, dans les environs immédiats du *Kurhaus*.

Lorsqu'il pénétra dans le salon de son appartement, il remarqua une enveloppe posée sur un guéridon, et qui n'y était pas au moment de son départ. Etait-ce encore une invitation? L'écriture, d'une calligraphie parfaite et qui l'enchanta, lui était inconnue.

Il ouvrit la lettre, et dès qu'il eut découvert la signature, son attention s'éveilla.

Cher lord Arkley,

Le prince et moi serions très heureux si vous acceptiez de venir partager notre dîner, en toute simplicité, dans notre appartement. Mon mari me prie de vous dire tout le plaisir qu'il a éprouvé en vous revoyant. Il aimerait évoquer en votre compagnie l'époque heureuse où vous avez visité le Wilzenstein.

Il espère, comme moi-même, vous voir ce soir à 19 h 45.

Je vous prie d'agréer, cher lord Arkley, l'expression de mes sentiments les meilleurs.

Mariska de Wilzenstein

Lord Arkley n'en croyait pas ses yeux. Il pensa aussitôt qu'il devait exister, derrière cette soudaine et aimable invitation, une raison cachée. Et il eut le pressentiment qu'elle n'était pas sans rapport avec la visite des deux officiers.

Les vacances étaient finies : il se retrouvait dans la camisole de force dont il avait cru pouvoir se débarrasser en arrivant à Marienbad.

Mais pendant qu'il se changeait pour le dîner, il dut s'avouer que ce nouveau mystère le captivait...

Il faut reconnaître que lord Arkley était un personnage assez étonnant. Au fond, qui était-il vraiment?

Son père avait espéré qu'il ferait carrière dans les services diplomatiques et, de fait, il avait commencé par travailler au Foreign Office peu après sa sortie d'Oxford. Ce choix était inévitable, puisqu'il avait obtenu une mention très bien en langues vivantes et qu'on parlait de lui comme du plus brillant sujet du collège de *Christ Church*.

Son père mourut deux ans plus tard. Lord Arkley trouva bientôt la politique intérieure plus amusante que la diplomatie, jusqu'au jour où le Foreign Office le pressentit pour une mission secrète, dans divers pays étrangers. Son efficacité résidait, à l'époque, dans son extraordinaire aptitude pour les langues. Par exemple, la plupart des gens ignoraient qu'il parlait le russe, et il avait pu rapporter de Saint-Pétersbourg des informations tout à fait sensationnelles.

Par ailleurs, il était d'un commerce agréable et apprécié tout autant par les hommes que par les femmes. De surcroît, amateur de sport, et brillant causeur quand le porto circulait autour de la table : autant de qualités qui n'avaient pas échappé à l'attention de Sa Majesté. Aussi lord Arkley s'était-il vu constamment convié aux soirées royales, et le souverain en personne lui avait bientôt confié des missions spéciales qu'il avait toujours menées à bien, grâce à une chance à toute épreuve et à une compétence hors de pair.

Toutefois, ce qu'on attendait de lui l'avait rendu – il était le premier à le déplorer – excessivement méfiant. Du fait de la tension européenne, un grand nombre d'espions travaillaient pour chacun des principaux pays du continent, et parmi ceux-là des femmes tout à fait séduisantes. Il avait donc appris à se tenir constamment sur ses gardes.

Bien que, dans le cas présent, il s'efforçât de se convaincre qu'il n'y avait pas lieu de faire montre de trop de circonspection, qu'il s'agissait sans doute d'une banale invitation, son instinct l'avertissait qu'il pourrait bien avoir affaire à tout autre chose...

– Pensez-vous rentrer tard, milord? demanda Hawkins.

Lord Arkley, prêt à partir, prit conscience, en se regardant négligemment dans le miroir, de sa séduction.

Contrairement à beaucoup de ses contemporains, il ne portait pas de boutons ornés sur son plastron empesé. Il se contentait de trois perles, deux blanches et une rose, qui lui avaient été offertes par sa première maîtresse, celle qui l'avait initié à l'art de l'amour. Chaque fois qu'il les fixait à ses boutonnières, il avait une pensée émue pour elle. Elle avait été bonne et pleine d'attentions pour lui. Il l'avait beaucoup aimée, et vénérait encore sa mémoire. Aucune des femmes qu'il avait courtisées par la suite – et il y en avait eu un grand nombre – ne pouvait lui être comparée.

Il n'était d'ailleurs pas le seul dans son cas, cherchant à retrouver l'extase qui, chez beaucoup d'hommes, est le but ultime de l'amour. Cette perfection, il ne l'atteindrait peut-être jamais plus...

Mais cela ne l'empêcherait pas d'essayer. Et en sortant ce soir de chez le prince Friedrich, il lui serait facile, s'il le souhaitait, de trouver à Marienbad d'autres formes de divertissement.

A huit heures moins le quart très précisément, il quitta son appartement pour gagner la suite voisine.

Josef, le valet de chambre, le conduisit cérémonieusement jusqu'à l'entrée du salon et l'annonça d'une voix forte et nette, à la mode germanique.

La princesse Mariska était debout à l'extrémité de la pièce, vêtue de blanc, et portant une petite tiare dans ses cheveux d'ébène. On eût dit quelque merveilleuse déesse descendue des cieux, parfaitement à l'abri des vicissitudes et des tribulations qui sont le lot du commun des mortels.

Elle vint à sa rencontre et, comme il portait galamment sa main à ses lèvres, il se demanda s'il n'avait pas rêvé, la nuit dernière, en l'entendant sangloter : qui oserait frapper une femme aussi adorable?

Son décolleté était recouvert d'une écharpe en mousseline de soie, retenue à ses épaules par deux petites broches de diamants.

– Je suis si heureuse qu'il vous ait été possible de venir, lord Arkley, déclara-t-elle en anglais.

– C'était très aimable à Votre Altesse Royale de m'avoir invité, répondit-il.

– Ce sera une telle joie pour mon mari!

Lord Arkley se tourna vers le prince Friedrich qui, assis dans son fauteuil roulant, un plaid sur les genoux, s'entretenait avec un homme plus âgé, qu'on lui présenta comme étant le baron Karlov.

Celui-ci, originaire de Bohême, possédait une maison dans les environs de Marienbad. Bien qu'il ne l'eût jamais rencontré officiellement, lord Arkley l'avait aperçu lors de précédentes visites.

– Comment allez-vous, Arkley? demanda le prince Friedrich de façon parfaitement courtoise.

Le baron Karlov se tourna vers la princesse, pendant que lord Arkley évoquait avec le prince Friedrich de vieux souvenirs.

De temps en temps, il avait l'impression de retrouver, derrière son masque rouge et bouffi, le visage du jeune homme présomptueux et arrogant qu'il avait toujours détesté. Toutefois, les convenances et la sympathie bienveillante qu'il portait à l'infirme l'obligeaient à faire tout son possible pour rendre la conversation agréable.

On servit le dîner dans la même pièce. Chacun s'installa autour d'une table éclairée par des bougies.

Il n'y eut qu'une seule note discordante pendant tout le repas : le prince injuria l'un des serveurs qui avait tardé à remplir son verre. Mais, à part cet incident, ce fut une soirée ordinaire, plutôt ennuyeuse, qu'en toute autre circonstance lord

Arkley aurait aimé voir se terminer le plus rapidement possible.

Mais son attention était en éveil; il gravait tout dans sa mémoire de façon à pouvoir y réfléchir par la suite : les regards inquiets et apeurés que la princesse lançait à son mari, la façon dont elle se raidissait brusquement quand il s'adressait à elle, au point que, l'espace d'un instant, elle paraissait s'arrêter de respirer.

Sa dignité était pourtant aussi naturelle que sa fierté; elle aurait certainement préféré mourir plutôt que de laisser deviner à un étranger ses véritables sentiments : l'orgueil de la haute société hongroise était bien connu, et les Eszterházy en constituaient un vivant exemple.

Bien qu'il n'ait séjourné qu'une fois en Hongrie, lord Arkley n'ignorait pas que les aristocrates, comme le prince Miklós et ses amis, étaient extrêmement cultivés et raffinés. Un des traits qu'il avait le plus admirés chez eux, c'était leur goût pour les chevaux et leur talent de cavaliers. Il en parla à la princesse, dont le regard s'illumina.

– Mon père était un cavalier accompli, raconta-t-elle. Nos écuries étaient petites, mais nos chevaux exceptionnels.

– Vous faites de l'équitation ici, à Marienbad?

Elle baissa les yeux.

– Je monte parfois, à la maison... mais le prince n'aime guère me voir faire... ce qu'il ne peut pas faire lui-même.

Voici un trait typique, pensa lord Arkley, de l'égoïsme et de la brutalité du personnage.

– Cela doit être très dur pour vous, reprit-il d'une voix douce. J'aimerais vous inviter à chevaucher avec moi dans ces forêts où il y a des pistes si agréables à suivre parmi les pins... Surtout celle qui mène au monastère de Teppel.

– Cela me plairait en effet. J'ai même entendu dire – ce qui m'a paru curieux de la part des moines – que le prieur avait organisé, l'année dernière, une partie de chasse pour le roi Edouard.

– Ils étaient très désireux de lui faire plaisir. Le roi aime beaucoup ce monastère. Il s'y rend chaque fois qu'il vient à Marienbad, pour y prendre un *Vesperbrot* copieux. Les moines l'adorent!

– Et je les comprends. C'est un homme tellement gai et tellement différent de...

Elle interrompit brusquement sa phrase. Lord Arkley comprit qu'elle avait failli laisser échapper une indiscrétion.

Le dîner était terminé, et elle jeta un regard inquiet vers le prince.

– Vous pouvez nous laisser, Mariska, dit celui-ci, du ton que l'on aurait employé pour s'adresser à une servante.

La princesse se leva aussitôt. Dès qu'elle eut quitté la pièce, le prince ordonna que l'on serve le porto et le cognac, après quoi les domestiques se retirèrent.

– A présent, nous allons prendre du bon temps, déclara-t-il. Dites-moi, Arkley, que pensez-vous de la situation politique en Allemagne?

Les réponses de lord Arkley furent circonspectes. Il comprit bientôt – même un imbécile s'en serait rendu compte – que le prince et le baron avaient pour dessein de l'enivrer. Ils lui posaient à tour de rôle des questions dont les réponses n'auraient pas manqué d'intéresser certaines personnes haut placées à Berlin. Mais il avait beaucoup trop d'expérience pour être dupe des épanchements démonstratifs de son hôte et pour abuser de l'excellent vieux cognac qu'on lui offrait si généreusement. Il se contenta de regarder le prince qui, encouragé par le baron, devenait lui-même de plus en plus ivre.

Finalement, jugeant la scène ennuyeuse et avilissante, il croisa les jambes, s'installa confortablement et ne fit plus aucun effort pour se joindre à la conversation.

– Buvez, mon vieux, buvez! répétait le prince à tout propos.

Quand il devint clair que lord Arkley n'était pas du tout enclin à faire honneur à la bouteille et qu'il ne répondait plus que par monosyllabes, le prince déclara avec mauvaise grâce :

– Je ferais bien d'aller me mettre au lit. Ces satanés médecins, qui me donnent des ordres comme à un bébé, passent leur temps à me répéter qu'il me faut beaucoup de sommeil.

Chacun se leva poliment.

– Je tiens à remercier Votre Altesse Royale pour cette agréable soirée, dit lord Arkley.

– Nous n'avons pas épuisé tous les sujets que nous voulions aborder, répondit le prince, qui avait du mal à articuler. Il faudra que nous nous rencontrions à nouveau, Arkley, et bientôt... très bientôt!

Cela ressemblait davantage à un ultimatum qu'à une invitation, mais lord Arkley inclina la tête avec courtoisie.

– Avec plaisir. Auriez-vous l'obligeance de transmettre mes remerciements à la princesse?

Le prince Friedrich ne daigna pas répondre. Il se contenta de tendre la main vers la carafe de porto.

Lord Arkley ne put s'empêcher de se demander si la princesse aurait à souffrir de ce dîner. Car si le prince Friedrich avait espéré lui soutirer des informations secrètes, l'échec était total.

Il ignorait dans quelle mesure le baron était complice du prince. Dans le corridor, celui-ci lui confia :

– Pauvre Friedrich, je le plains sincèrement. Il est bien compréhensible qu'il essaie de s'intéresser à ce qui se passe dans le monde, même s'il ne peut y jouer un rôle actif.

– Il est pourtant bien renseigné, fit remarquer lord Arkley.

– Vous croyez? Personnellement, je pense que ce qu'il dit est plutôt naïf. Pour l'essentiel, c'est un résumé de ce que l'on peut lire dans les journaux.

Lord Arkley ne répondit pas. Le baron reprit, après un silence :

– Je vais au casino, comme vous, je suppose. Voulez-vous que nous fassions le trajet ensemble?

– Excellente idée! Si vous voulez bien m'accorder une minute pour passer chez moi, prendre ma cape et mon chapeau. C'est juste à côté.

Il fit entrer le baron dans son salon.

– A mon avis, poursuivit celui-ci, les Allemands ont tout gâché dans cette fameuse conférence du Maroc. Qu'en pensez-vous?

Lord Arkley éluda la question.

– J'ai aperçu le général von Echardstein dans l'hôtel cet après-midi, fit-il. Quand il était en poste en Angleterre, je l'avais jugé très compétent.

– Je suis d'accord avec vous. Je crois comprendre qu'il est plutôt inquiet de l'étroite amitié qui unit les Français et les Anglais... je veux dire : la préférence nettement marquée de votre roi pour les Français.

Voilà qui était parler franc! Lord Arkley avait découvert ce qu'il désirait savoir : le général avait pris contact avec le baron!

– La plupart du temps, la politique m'assomme. Surtout quand je suis en vacances, répondit-il d'un ton indifférent. Parlez-moi plutôt des endroits où l'on peut s'amuser en ce moment à Marienbad.

Il s'exprimait avec une gaieté aimable, qu'il savait propre à abuser le baron – beaucoup trop lourdaud pour n'être pas dupe. Mais désireux de se concilier ses bonnes grâces, il se vit contraint d'écouter des évocations paillardes au sujet de femmes et d'endroits où l'on pouvait les rencontrer. Cela prit tout le temps du trajet jusqu'au casino.

Quand enfin ils arrivèrent, lord Arkley avait fermement décidé d'éviter non seulement tous les endroits recommandés par le baron, mais également le baron lui-même.

Il ne resta pas longtemps à bavarder avec ses amis. Il ne gaspilla pas non plus son argent au jeu. Comme il était véritablement fatigué et désireux de se coucher tôt, il s'arrangea pour échapper à ceux qui essayaient de le retenir, et reprit le chemin de l'hôtel sous un ciel brillant d'étoiles.

Loin de l'orchestre et des bavardages du *Kurhaus*, tout était parfaitement tranquille. L'odeur des pins se mêlait à l'air parfumé de la nuit. Lord Arkley avait l'impression de s'évader dans un monde différent. Son esprit se libérait.

Un peu plus tard, comme il atteignait le jardin de l'hôtel, avec ses lumières dissimulées parmi les arbustes qui donnaient à l'ensemble un air surnaturel, il crut apercevoir une frêle silhouette assise sur un banc, à demi cachée par les rameaux d'un saule pleureur.

C'est son instinct, plus qu'autre chose, qui lui fit prendre conscience de cette présence. Il se dirigea vers l'arbre, courba la tête et souleva le feuillage léger comme un voile.

La jeune femme, arrachée à sa rêverie, sursauta.

– Je suis heureux, Votre Altesse Royale, dit lord Arkley, d'avoir l'occasion de vous remercier pour le dîner de ce soir.

La princesse retint son souffle et finit par murmurer :

– Merci, lord Arkley. Il... il ne m'a pas été possible de vous souhaiter le bonsoir.

– Je comprends... Puis-je m'asseoir près de vous un moment?

– Je... j'allais justement partir. Je ne devrais pas me trouver ici... toute seule... mais il faisait tellement chaud, et....

Elle n'avait pas besoin de lui expliquer qu'elle avait voulu s'échapper, qu'elle aspirait à un peu de liberté, ne serait-ce que pour quelques instants.

– Je vous en prie, ne me laissez pas penser que je vous fais fuir, implora lord Arkley en prenant place à ses côtés. Cependant, si vous préférez que je vous laisse seule, je m'empresserai de disparaître.

– Non... mais je ne devrais pas être ici et...

– Personne ne le saura. Oublions tout, si ce n'est le calme et la beauté de cette nuit. En marchant à travers la pinède, à ma sortie du casino, j'avais l'impression de pénétrer dans un autre monde.

– Je me demande parfois si cet autre monde existe.

– Mais bien sûr qu'il existe! C'est un monde imaginaire, fait de nos rêves, mais, au fond, il est tout aussi réel que celui-ci, et tellement plus beau.

Il était le premier surpris de s'entendre parler de cette façon, mais il savait d'instinct que c'était là le langage qu'elle attendait.

– Est-ce bien vrai?

– Bien sûr! Et ce monde extraordinaire attend

seulement que nous le découvrions. Mais voilà : nous sommes trop occupés, trop bêtes ou, peut-être, trop malheureux.

– Il doit sûrement être plus facile à trouver quand on est malheureux...

– Je ne crois pas. Les gens malheureux s'isolent dans un brouillard impénétrable. Pour atteindre ce monde, pour saisir l'indéfinissable, notre esprit a besoin d'être libre.

– Je comprends ce que vous voulez dire. C'est réconfortant, c'est d'un grand secours... Merci.

– J'essaie de vous persuader que l'on ne doit jamais perdre espoir.

Elle le regarda intensément. Ses yeux étaient comme de vastes étangs de ténèbres.

– Je n'aurais jamais cru que vous... pourriez me comprendre.

Un sourire illumina les traits de lord Arkley. La princesse s'empressa d'ajouter :

– Non, j'ai été blessante... Ce que j'ai voulu dire, c'est que vous faites partie d'un monde qui m'effraie... un monde dur, vain et dénué de compassion.

Elle ne faisait pas allusion à ses propres souffrances, mais à la manière dont le prince Friedrich avait été lâchement abandonné, à la suite de l'attentat, par ceux-là mêmes qui auparavant l'adulaient. A l'exemple du kaiser, les Allemands prisaient les hommes supérieurs, admiraient la santé et les muscles et n'avaient que faire des infirmes.

– Lorsque je voyageais aux Indes l'année dernière, raconta lord Arkley, je suis allé jusqu'aux contreforts de l'Himalaya. En admirant ces fantastiques montagnes, avec leurs sommets d'une pureté éblouissante sous le soleil, je me disais que la beauté, la véritable beauté, celle qui subjugue l'âme, allait presque naturellement de pair avec la cruauté.

– Ainsi, selon vous, il nous faut payer toute extase d'une façon ou d'une autre.

– Ou peut-être est-ce parce que nous souffrons que nous trouvons l'extase...

– J'espère que vous êtes dans le vrai. Je réfléchirai à vos propos... et j'essaierai de me comprendre moi-même.

– C'est ce que j'ai tenté de faire, et je suis certain d'une chose : quand la souffrance nous conduit à un carrefour, nous avons le choix entre le chemin qui mène au paradis et celui qui descend en enfer. Bien sûr, c'est une simplification extrême. Mais le fait demeure : nous avons la possibilité de jouer, sur un même thème, toutes les variations imaginables. Cela ne dépend que de nous.

Après un silence, la princesse se leva.

– Vous m'avez aidée... vous m'avez réellement aidée! J'aimerais vous dire encore merci, mais c'est un mot tellement insuffisant...

– Les mots n'ont jamais su exprimer ce qui vient du cœur, et je crois que, ce soir, princesse, c'est mon cœur qui vous a parlé. J'espère qu'il aura su toucher le vôtre.

– Soyez-en assuré. Mais il me faut maintenant vous quitter.

Elle leva les yeux vers lui. Il comprit que, de crainte qu'on ne les aperçoive ensemble, elle lui demandait de ne pas l'accompagner. « C'est extraordinaire, songea lord Arkley, à quel point je peux lire dans ses pensées. A moins que ce ne soit réellement son cœur qui parle au mien. » Néanmoins, pour lui faciliter les choses, il demanda :

– Me pardonnerez-vous si je reste assis encore un moment à regarder les étoiles?

Elle lui tendit une main qu'il porta à ses lèvres. Mais il ne lui donna pas un simple baiser mondain. Il posa franchement sa bouche sur sa peau. La jeune femme en resta d'abord comme pétrifiée. Puis, sans ajouter un mot, elle tourna les talons et s'éloigna, si légèrement qu'on aurait pu la croire portée par un nuage ou par les accords d'une musique.

Quand il fut seul, il se mit à réfléchir en contemplant la voûte nocturne. Il avait du mal à croire à la réalité de cet entretien. Où avait-il trouvé l'inspiration pour s'exprimer ainsi? Comment ces mots lui étaient-ils venus aux lèvres? Tout s'était passé comme si les paroles ne provenaient pas de son cerveau, mais lui avaient été dictées par une mystérieuse force intérieure. Une autre partie de lui-même avait pris les commandes, une région secrète de son cœur dont il avait, jusqu'à présent, ignoré l'existence.

Quoi qu'il en soit, son argumentation avait été parfaitement juste. Il comprenait à quel point la vie de la princesse devait être effrayante. Elle était encore très jeune. Avait-elle même vingt ans? Et pourtant, elle était mariée depuis trois ans à un ivrogne handicapé et aigri!

Le sang qui lui venait des Eszterházy lui avait donné la fierté nécessaire pour garder la tête haute. Lord Arkley était absolument certain qu'elle n'aurait jamais confié ses souffrances à quiconque. S'il n'avait découvert par hasard, le soir précédent, comment le prince la traitait, il n'aurait jamais pu imaginer qu'on l'humiliait et l'outrageait de cette façon.

Au cours du dîner, elle s'était exprimée avec une grâce et une aisance qu'aurait pu lui envier une femme beaucoup plus âgée et plus avertie. Et s'il avait décelé une lueur de crainte dans ses yeux, c'est bien parce qu'il s'attendait à l'y trouver... Lord Arkley pensait avoir compris maintenant les ressorts du comportement du prince. Mis à part une propension naturelle à mépriser les femmes, il ne pardonnait pas à la sienne d'avoir échappé à la bombe qui l'avait rendu infirme, il la haïssait de ne pas souffrir ce qu'il souffrait.

– C'est intolérable! s'écria lord Arkley. Mais que faire? Comment la sauver? Dieu seul le sait...

3

La princesse Mariska ouvrait la porte de sa chambre à coucher quand, par hasard, elle vit Josef faire entrer un visiteur au salon. Elle ne fit que l'entr'apercevoir, mais elle eut le temps de reconnaître la silhouette imposante et antipathique du baron von Echardstein.

Elle attendit qu'il disparaisse, puis s'avança silencieusement dans le vestibule. La porte était restée ouverte, et elle entendit le prince Friedrich s'exclamer :

– Bonjour, général! Quelle surprise de vous voir de si bon matin!

– Je quitte Marienbad aujourd'hui même, expliqua le général, et j'ai un petit mot à dire à Votre Altesse Royale avant mon départ.

– Veuillez prendre place. Que voulez-vous boire? Du champagne?

– Avec plaisir... Voilà : je me demandais si, par hasard, vous n'auriez pas des informations pour moi?

– *Gott im Himmel!* Vous pouvez difficilement attendre des résultats aussi...

Le reste de la phrase ne fut pas audible. Josef venait de sortir du salon en refermant la porte et, apercevant la princesse plantée là, il expliqua :

– Je vais chercher du champagne pour Son Altesse Royale.

– Je dois aller rendre visite à la duchesse, Josef, lui confia Mariska à voix basse. Je ne serai pas longtemps absente.

– Vous pouvez prendre tout votre temps, Votre Altesse.

Il sourit. La jeune femme comprit que, comme d'habitude, il lui trouverait un alibi si le prince la réclamait. Que deviendrait-elle sans Josef? Il était le seul avec qui elle n'avait pas besoin de mentir. Il connaissait tous leurs secrets.

Sachant qu'elle ne courait aucun risque pour le moment, elle dévala l'escalier.

La duchesse de Vallière était non seulement sa seule amie à Marienbad, mais sa seule amie au monde.

Elle avait été d'une grande beauté dans sa jeunesse. Mariska l'avait rencontrée en Hongrie, chez les Eszterházy, alors qu'elle n'était elle-même qu'une petite fille.

Depuis quelques années, le climat de Paris ne lui convenant plus, la duchesse avait élu domicile à Marienbad. Elle avait loué, au rez-de-chaussée du *Weimar,* une vaste suite qu'elle avait garnie de meubles lui appartenant personnellement.

Un valet à la française, portant livrée, ouvrit la porte à Mariska. Les magnifiques meubles d'époque Louis XV, les merveilleuses toiles de Boucher et de Fragonard de la duchesse lui donnèrent aussitôt l'impression de se trouver là chez elle. En effet, les palais des Eszterházy en Hongrie étaient remplis de véritables trésors amassés au cours des siècles. Et Mariska détestait l'horrible solennité, lourde et pompeuse, des meubles allemands, surtout ceux des palais royaux.

La duchesse était assise au soleil, devant une fenêtre de son immense salon. Malgré son grand âge – elle approchait de quatre-vingts ans –, elle était encore très coquette et veillait toujours à ce que ses cheveux blancs soient impeccablement coiffés. Chaque détail de sa robe évoquait Paris, et elle portait des bijoux qui, disait-on, avaient été déposés à ses pieds par de nombreuses têtes couronnées d'Europe.

– Ma chère enfant, quel plaisir de vous voir! s'exclama-t-elle en français.

– Friedrich reçoit un visiteur. J'ai sauté sur l'occasion pour venir vous rendre visite.

– Vous savez que rien ne saurait me causer plus de joie. Comment allez-vous, mon enfant?

Son regard, qui respirait l'intelligence, se voila à la vue des cernes bleuâtres qui soulignaient les yeux de Mariska. Ces marques n'étaient certainement pas dues à la fatigue, mais à la douleur et aux souffrances physiques que lui infligeait son mari. La duchesse était parfaitement informée de tout ce qui se passait à Marienbad. En outre, ardente épistolière, elle recevait des quatre coins de l'Europe un courrier considérable. On la plaisantait d'ailleurs à ce sujet. « Personne, affirmait-on, n'est mieux renseigné que la duchesse de Vallière. On a le sentiment que même les petits chiens lui rapportent ce qui se dit dans les boudoirs et les chambres à coucher de leurs maîtresses! »

– Comment va Friedrich? demanda-t-elle.

– Il était nettement plus détendu hier soir. Vous aurez du mal à le croire, mais nous avons eu des invités à dîner!

– A dîner? Est-ce possible?

Mariska inclina la tête.

– Le général baron von Echardstein et l'amiral von Senden sont venus lui rendre visite. Après leur départ, il était de fort bonne humeur. Je ne l'avais pas vu ainsi depuis longtemps.

– Et quel était le but de cette visite?

– Je n'en sais rien, mais j'ai cru comprendre que le kaiser a besoin de ses services. Friedrich a refusé de me dire de quoi il s'agissait. J'espère qu'il pourra assumer cette charge. Bref, pour la première fois depuis des mois, il a eu envie de recevoir.

– Qui étaient les invités?

– Le baron Karlov et lord Arkley. (La voix de Mariska se fit soudain plus chaleureuse.) Lord Arkley a été... très aimable. Le roi Edouard me l'avait présenté, hier matin, au moment où nous quittions la *Kreuzbrunnen*. Il paraît qu'il aurait naguère séjourné au Wilzenstein.

– Ainsi, lord Arkley vous a plu!

– C'est un homme... charmant.

La duchesse remarqua la légère rougeur qui montait aux joues de Mariska.

– Un grand nombre de dames en ont jugé de même, fit-elle observer.

– Cela n'a rien d'étonnant. Il est extrêmement séduisant et, de plus, fort intelligent.

– On dit qu'il en connaît davantage sur les intrigues des nations que les ambassadeurs eux-mêmes!

– Il rentrait justement d'un voyage en Allemagne. Il a résidé, paraît-il, chez plusieurs souverains.

– C'est ce que j'ai entendu dire... et, naturellement, cela intéressait Friedrich, ou peut-être le baron?

– Pourquoi cela intéresserait-il le baron?

La duchesse s'apprêtait à lui répondre, mais elle

préféra ne pas inquiéter Mariska et se contenta de dire :

– Le baron est un snob doublé d'un arriviste. Je suis certaine qu'il était ravi de dîner avec vous.

– J'ai été un peu surprise qu'il puisse se libérer si rapidement. Il n'a reçu notre invitation que quelques heures avant le dîner.

– Personnellement, je suis encore plus étonnée que lord Arkley ait pu se rendre à votre invitation. C'est un homme très recherché, que toutes les maîtresses de maison s'arrachent.

Mariska ne répondit rien. La duchesse poursuivit :

– Il a connu un très grand nombre de liaisons amoureuses dans sa vie. Je me suis laissé dire que ces derniers mois, ça n'allait plus très bien avec la marquise de Hastings, sa plus récente conquête...

Mariska sourit.

– Comment pouvez-vous savoir tout cela, alors que vous vivez à Marienbad?

– C'est mon secret. En vérité, pour ne rien vous cacher, je tiens cela du roi Edouard qui m'a honorée de sa visite hier.

– Le roi est venu vous voir? J'en suis vraiment heureuse! Hier, il s'est montré très aimable envers moi. J'ai l'impression qu'il laisse du bonheur partout où il passe.

– Et parfois un cœur brisé! Mais vous avez raison, c'est un homme de cœur. Il n'est guère étonnant que tout le monde l'aime.

– Il a parlé de lord Arkley en termes très chaleureux...

– Lord Arkley est son protégé – un protégé très utile. Mais parlez-moi plutôt de vous. Quels sont vos projets pour aujourd'hui?

– Oh! la même chose que d'habitude, je suppose.

Comme j'aimerais faire une promenade en voiture! Mais Friedrich a horreur d'être secoué dans un attelage! J'ai tellement envie de voir la forêt!

Elle se leva et regarda par la fenêtre les jardins fleuris et les sapins à l'horizon.

La duchesse songea avec tristesse que Mariska était bien à plaindre. Rares étaient les femmes de sa connaissance qui auraient supporté avec une telle dignité une existence aussi intolérable.

– Je dois rentrer, déclara Mariska. Friedrich peut avoir besoin de moi. Puis-je me permettre de revenir, si j'ai la chance de trouver un moment?

– Vous savez bien, ma chère enfant, que vous êtes toujours la bienvenue. J'aime votre famille, le prince Miklós, votre père, votre adorable mère et tous vos parents. En vous aidant, je ne ferai que rendre les gentillesses qu'ils m'ont prodiguées dans le passé. (Elle lui adressa un sourire et ajouta :) Et, bien sûr, comme vous le savez, je vous aime pour vous-même. J'éprouve pour vous les mêmes sentiments que si vous étiez ma propre fille... disons plutôt ma petite-fille.

– J'adorerais être votre fille, avoir du sang français dans les veines... Vous avez un goût d'une telle perfection! Quand je pénètre dans cette pièce, je sens que c'est un décor dans lequel j'aimerais vivre.

– Vous y vivrez peut-être un jour... Demandez donc à lord Arkley de vous décrire les meubles français qu'il possède dans sa propriété du Hampshire.

– Je n'y manquerai pas... si je le revois. Mais comment savez-vous qu'il y a de tels meubles dans sa maison?

– J'y ai séjourné. Sa mère était une de mes amies.

– Parlez-moi d'elle.

– C'était une femme absolument adorable, profondément bonne. Je ne crois pas que Leila Arkley ait jamais prononcé une parole désagréable ou amère durant toute sa vie. Elle était capable de soutenir une conversation sérieuse sans jamais perdre sa verve ni sa gaieté. Ce qui serait évidemment trop demander, poursuivit-elle en haussant les épaules, à la plupart de ces soi-disant beautés, qui feraient n'importe quoi pour plaire au roi Edouard!

Mariska ne put s'empêcher de sourire. Elle savait que la duchesse était un peu jalouse de ces séductrices qu'elle tenait pour des gourdes sans cervelle, n'ayant rien d'autre à offrir à un homme qu'un joli minois.

– Je suis sûre que jamais femme, pas même lady Arkley, n'a été aussi drôle et aussi intelligente que vous, déclara Mariska en posant un baiser sur la joue de la duchesse. Je reviendrai vous voir à la première occasion.

– J'y compte bien. Dites à lord Arkley que j'aimerais bien recevoir sa visite un de ces jours. Je pense qu'il a oublié, s'il l'a jamais su, que j'étais une amie de sa mère.

– Je le lui dirai.

Mariska se hâta de rentrer chez elle. Elle ne demandait pas mieux que de transmettre le message de la duchesse. Lord Arkley s'était montré si aimable et si gentil la nuit dernière qu'elle avait très envie de le revoir pour lui parler encore de ces choses qu'aucun homme, autre que lui, ne pouvait comprendre.

Mais elle songea soudain avec désespoir, qu'emporté comme il l'était dans le tourbillon de fêtes de Marienbad, il devait la trouver bien insipide. S'il avait accepté, la veille, leur invitation à dîner, c'était sans doute par compassion pour Friedrich. Ce repas avait dû l'ennuyer profondément, sans parler du dégoût qu'il avait dû éprouver à la vue du prince Friedrich buvant plus que de raison.

« Peut-être n'aurai-je plus jamais l'occasion de lui parler », se dit-elle, soudain déprimée à cette pensée.

Elle pénétra dans son appartement et s'aperçut, soulagée, qu'elle était revenue à temps : le képi galonné d'or du général était encore là, sur une chaise.

Le courant d'air qu'elle provoqua en entrant dans le vestibule entrouvrit légèrement la porte du salon. C'est ainsi qu'elle entendit le général dire :

– Si vous estimez que c'est impossible, je peux demander à la baronne von Kettler de venir à Marienbad. C'est une femme très séduisante et qui a fait de l'excellent travail pour nous dans le passé.

– Non, non, ce ne sera pas nécessaire, protesta presque violemment le prince Friedrich. Laissez-moi m'occuper de tout. Je vous promets que je ne décevrai pas l'empereur.

– Je l'espère bien. Mais si l'affaire s'avérait trop difficile, prévenez l'amiral von Senden. Il doit rester ici encore une dizaine de jours.

Mariska regagna sa chambre à coucher. Friedrich était visiblement sur la défensive – peut-être même en colère de voir le général douter de son habileté à accomplir ce que l'on attendait de lui.

Mais qu'exigeait-on de lui, au juste? Pourquoi Friedrich ne lui en avait-il pas fait la confidence? Et qui était cette baronne von Kettler? Elle n'avait jamais entendu ce nom auparavant...

Après le départ du général, elle gagna sans attendre le salon. Friedrich, assis devant la cheminée, ne tourna pas la tête.

– En quel honneur le général est-il venu vous rendre visite? demanda-t-elle.

– A propos d'une affaire privée, répondit le prince d'un ton bourru. (Là-dessus, il regarda la pendule et poussa une exclamation :) Ciel! Je devrais déjà être en train de prendre les eaux! Où est donc Josef?

– Il est à côté, à votre disposition.

– Dans ce cas, que diable attendons-nous? Si je veux que mon état s'améliore, je dois m'en tenir à une vie réglée, vous le savez bien!

Mariska ne répondit pas. C'était bien là Friedrich! Il les rendait responsables, elle et Josef, du retard de vingt minutes sur l'horaire habituel que leur avait fait prendre la trop longue visite du général von Echardstein. De toute façon, cela n'avait pas la moindre importance car, s'ils ne l'avaient pas avoué au prince lui-même, les médecins lui avaient confié à elle, et sans ménagements, que l'état de son mari ne s'améliorerait jamais. Cure, traitement, hôpital, rien n'y ferait. Mais Mariska était convaincue que l'espoir peut parfois opérer des miracles, et n'est-ce pas la pire cruauté envers un infirme que de lui ôter cette espérance?

Friedrich ne cessa de grommeler sous prétexte qu'ils étaient en retard. Quand il avait une raison de se plaindre, il ne cessait de la retourner en tous sens, comme un terrier l'aurait fait d'un os. Mais Mariska avait appris à rester impassible et, quand ils sortirent de l'hôtel, à la vue du grand soleil, toutes les récriminations de Friedrich ne furent plus que le murmure d'un lointain orage par un soir d'été.

Etant donné l'heure tardive, il y avait foule sur la

Kreuzbrunnen. Les dames, avec leurs chapeaux garnis de fleurs et leurs petites ombrelles, ressemblaient à des bouquets champêtres. Hélas! quel cruel dilemme était le leur : ne pas prendre de coup de soleil, et pourtant il leur fallait paraître sur une des terrasses ensoleillées près de la colonnade.

Pendant qu'un de leurs gardes du corps allait chercher un gobelet d'eau pour le prince Friedrich, Mariska regarda autour d'elle.

Les hommes étaient, pour la plupart, entre deux âges. Elle reconnut le roi Ferdinand de Bulgarie, le roi de Grèce et, un peu à l'écart, étrange avec son fez rouge, Hakim Pacha. Ceux qui amusaient toujours Mariska, c'étaient les rabbins polonais, qui évoluaient au milieu de ces personnalités élégantes. Vêtus de noir des pieds à la tête, avec leurs chapeaux à larges bords et leurs cafetans boutonnés jusqu'au cou, on eût dit, sous leurs barbes noires et leurs sombres bouclettes, des messagers de la mort.

Soudain, une voix l'apostropha. Elle se retourna. Le roi Edouard s'était approché d'elle pendant qu'elle regardait de l'autre côté.

– Bonjour, Mariska! lança-t-il d'une voix chaleureuse. A vous voir, je n'arrive pas à croire qu'il vous faille prendre les eaux!

Mariska lui fit une révérence et lui adressa un charmant sourire. Deux personnes accompagnaient le roi : le marquis da Soveral, ambassadeur du Portugal auprès de la cour St. James, un très vieil ami de Sa Majesté, et lord Arkley.

Le rouge lui monta aux joues, tandis qu'elle répondait au salut courtois de ce dernier, et elle baissa les yeux.

Le roi lia conversation avec le prince Friedrich,

qui semblait vouloir se montrer plus aimable et plus communicatif que la veille.

Mais l'attention de Sa Majesté fut bientôt détournée par une dame très séduisante, coiffée d'un immense chapeau de tulle vert. Pendant que le marquis da Soveral s'entretenait à son tour avec le prince Friedrich, lord Arkley demanda à la jeune femme :

– Comment allez-vous, aujourd'hui?

Mariska le regarda sans pouvoir ouvrir la bouche. Elle eût aimé lui dire à quel point il l'avait réconfortée la nuit précédente, lui confier qu'elle s'était mise au lit en pensant à ses paroles, heureuse comme elle ne l'avait plus été depuis longtemps... Tout à coup, elle se rappela le message dont l'avait chargée la duchesse.

– La duchesse de Vallière, une vieille amie de votre mère, serait très heureuse si vous pouviez trouver un moment pour lui rendre visite. Elle demeure à l'hôtel *Weimar*.

– Mais volontiers! Je me souviens, en effet, que ma mère m'a parlé d'elle.

– Elle serait enchantée de vous rencontrer.

– Venez ici, Arkley! J'ai quelque chose à vous dire!

Mariska eut l'impression que la voix de son mari éclatait comme un coup de fusil. Le marquis da Soveral s'éloigna et lord Arkley prit sa place.

– Bonjour, Votre Altesse. Il me faut encore une fois vous remercier pour ce très agréable dîner.

– Comment se fait-il que vous ne soyez pas encore à cheval? demanda le prince, presque sur un ton de reproche.

– Je n'avais pas trouvé le temps de m'en occuper. Mais j'ai pris un arrangement avec le meilleur loueur de chevaux de selle de Marienbad pour pouvoir monter à 7 heures demain matin et les jours suivants.

– J'ai entendu dire que vous agissiez ainsi chaque année.

Lord Arkley leva les sourcils, étonné que le prince fût aussi bien renseigné sur ses habitudes. Celui-ci poursuivit :

– Je suppose que c'est le seul moment où vous pouvez vous échapper. L'empereur a toujours prétendu que « l'oncle Edouard » était un tyran.

– J'estime que c'est un grand privilège de jouir de la compagnie de Sa Majesté, rétorqua lord Arkley avec froideur.

Malgré son désir de se montrer aimable envers le prince Friedrich, il ne pouvait lui permettre d'insulter le roi Edouard en sa présence.

Le prince se mit à rire de façon méprisante, laissant entendre qu'il prenait son interlocuteur pour un lèche-bottes.

Lord Arkley s'apprêtait à poursuivre sa promenade, mais le prince Friedrich l'arrêta :

– Non! Attendez une minute, Ian! J'aimerais que vous me rendiez un service.

Lord Arkley fut très étonné par ce changement de ton. Le prince Friedrich l'appelait maintenant par son prénom!

– Je me demandais si vous ne pourriez pas emmener la princesse avec vous demain matin? Elle a toujours envie de monter à cheval, et je ne connais personne d'autre à qui la confier.

Un moment, Mariska crut qu'elle n'avait pas bien compris ce que son mari venait de dire. Elle devait rêver! Ce n'était pas possible! Les yeux agrandis par la surprise, elle dévisagea lord Arkley.

– Bien sûr, répondit celui-ci. Je serais très honoré d'escorter la princesse! (Puis se tournant vers

Mariska, il proposa :) 7 heures demain matin? A moins que ce ne soit trop tôt pour Votre Altesse?

– Non, non... Certainement pas..., balbutia Mariska, qui avait l'impression que le sol se dérobait sous ses pieds.

– En ce cas, poursuivit le prince, pouvez-vous prendre les dispositions nécessaires, Arkley, et demander à l'écurie de louage de m'envoyer la facture?

– Volontiers, sire! Mais... pouvez-vous m'excuser, à présent? Je vois que Sa Majesté me fait signe.

Il s'éloigna. Mariska retenait son souffle.

Etait-ce vrai? Vraiment? Après avoir toujours refusé de la laisser monter, même chez eux, Friedrich y consentait maintenant, à Marienbad et... en compagnie de lord Arkley?

A cet instant, le garde du corps revint avec un gobelet d'eau.

– Quel infâme breuvage! s'exclama le prince en lui arrachant le gobelet des mains, sans un mot de remerciement.

Mariska aperçut, dans la foule qui circulait autour d'eux, lord Arkley debout à côté du roi. Tous deux riaient de quelque propos du marquis da Soveral, qui avait la réputation d'avoir beaucoup d'esprit.

Il sembla soudain à Mariska que le soleil brillait avec plus d'éclat. Elle avait envie de chanter et de danser.

« Merci! Merci! », faillit-elle crier à son mari, mais elle se mordit la lèvre. Elle le connaissait trop bien : si elle laissait éclater sa joie, il était capable de changer de programme à la dernière minute, rien que pour la faire souffrir.

Comme s'il lisait dans ses pensées, le prince lui demanda soudain :

– C'est bien ce que vous souhaitiez, n'est-ce pas?

– Cela me sera très agréable, répondit-elle doucement. Je vous remercie d'y avoir pensé.

Elle comprit brusquement, devant son étrange expression – peut-être était-ce son instinct qui l'en avertissait? –, que l'idée ne venait pas de lui.

Mais, alors, de qui venait-elle?

Pour une raison ou pour une autre, son mari voulait s'attirer les bonnes grâces de lord Arkley, et c'était sans doute là une façon sournoise d'y parvenir. Encore fallait-il espérer que lord Arkley ne trouverait pas sa présence ennuyeuse. Peut-être aurait-il préféré se promener seul, ou en compagnie de quelqu'un d'autre?

Maltraitée, en proie aux rebuffades incessantes du seul homme avec qui elle était en contact depuis trois ans, Mariska était devenue très humble. Elle se tortura tout le reste de la journée à cette pensée qu'on l'avait jetée dans les bras de lord Arkley, qui n'avait pu faire autrement que d'accepter la proposition du prince.

Ce soir-là, comme s'il avait voulu lui faire payer cette petite faveur, Friedrich se montra encore plus exigeant et plus injurieux qu'à l'ordinaire.

Ils dînèrent en tête-à-tête. Il trouva à redire à chacun des plats qu'elle avait commandés dans l'espoir de lui faire plaisir. Il but encore plus que d'habitude. A la fin du repas, il était dans cet état de fureur qu'elle connaissait bien. Dans ces cas-là, Mariska savait qu'elle devait se tenir à l'écart : si elle s'approchait de lui, il la saisissait par le bras et la battait avec un petit fouet de cuir qu'il gardait toujours à portée de main.

Le repas terminé, le prince, qui avait cessé de

pester contre d'imaginaires offenses, ordonna d'une voix pleine de menace :

– Venez ici!

La princesse se leva mais, rencontrant le regard de son mari, elle tourna délibérément les talons et quitta le salon.

Il l'injuria à tue-tête. Elle n'y prêta aucune attention. Josef l'attendait derrière la porte.

– Je vais le mettre au lit, Votre Altesse, murmura-t-il.

– Merci, Josef, répondit Mariska.

Après avoir tiré le verrou de sa chambre, elle s'assit sur son lit, le visage enfoui dans les mains, essayant de retenir ses larmes.

En dépit de tout ce qu'elle pouvait faire pour lui, Friedrich la haïssait. Il la haïssait parce qu'elle était jeune et qu'elle pouvait aller et venir librement. Il la haïssait parce que, bien qu'il se déchaînât contre elle et la torturât, moralement et physiquement, il n'avait pu briser sa jeune épouse qui savait garder la tête haute.

« Mieux vaudrait être morte, songea-t-elle. Alors, au moins, je serais libre! »

Elle entendait encore retentir la voix gutturale de Friedrich, et toutes les fibres de son corps se hérissaient. Chaque repas partagé avec lui était un long supplice, vécu dans l'attente des injures qu'il ne manquait jamais de lui lancer. Elle allait jusqu'à compter les verres qu'il buvait. Elle pouvait prédire l'instant où, l'alcool aidant, les mauvais sentiments qui couvaient en lui éclateraient en invectives.

« Comment puis-je continuer à vivre ainsi? se demandait-elle à présent. Comment? »

Soudain, elle se rappela qu'elle pourrait monter à cheval le lendemain matin. Cette pensée luisait comme une étoile dans les ténèbres...

Mais d'ici là, Friedrich n'allait-il pas changer d'avis? Il lui restait quand même l'espoir de quitter l'hôtel avant son réveil. En effet, quand le prince était dans un état d'extrême nervosité, le médecin lui prescrivait un soporifique. Surtout par égard pour Josef qui risquait de passer une nuit blanche à empêcher l'infirme de tomber du lit ou de casser tout ce qui lui tombait sous la main.

Le plus souvent, quand il avait pris un calmant, le prince Friedrich dormait tard et se réveillait dans un état de faiblesse léthargique.

Tout en se reprochant sa conduite, Mariska pria le Ciel que son mari soit accablé par ce genre de sommeil. Elle serait alors loin de l'hôtel quand il s'apercevrait de son absence.

Mariska, qui avait demandé une tenue d'amazone à sa femme de chambre, vérifia dans la penderie si on la lui avait bien préparée. Il s'agissait d'un ensemble bleu marine qu'elle avait commandé spécialement pour la belle saison – mais jusqu'à ce jour, elle n'avait jamais eu l'occasion de l'étrenner.

Pour ce qui était de l'équitation, Mariska ne craignait pas la comparaison avec d'autres cavalières de Marienbad. Mais pour le reste... Lord Arkley ne préférerait-il pas monter en compagnie de gens plus divertissants? Comment pouvait-elle le distraire, alors qu'elle se sentait si déprimée? Et d'ailleurs, quel sujet de conversation trouverait-elle pour captiver l'attention d'un homme comme lord Arkley, pour qui étaient ouvertes toutes les portes de la bonne société?

Et pourtant, de quelle courtoisie n'avait-il pas fait preuve! Et de quelle compréhension, lors de cet entretien sous le saule pleureur!

Elle eut l'envie soudaine de retourner s'asseoir

sous cet arbre, ce soir même, dans l'espoir qu'il passerait par là en rentrant chez lui.

Mais elle se retint : ce serait incorrect, peut-être même indécent. Il pourrait s'imaginer par exemple qu'elle s'est embusquée là pour le guetter.

Elle s'approcha de la fenêtre et regarda les étoiles.

Au moment où elle s'y attendait le moins, Dieu, ou le destin, s'était montré bienveillant envers elle : demain, elle allait faire du cheval en compagnie de lord Arkley!

– Je vais le revoir... Je vais le revoir... murmura-t-elle.

4

Le soleil jouait à travers les branches des sapins, qui répandaient un parfum suave et amical. Mariska n'avait pas été aussi heureuse depuis bien longtemps. Jusqu'à ce jour le mot « bonheur » avait perdu toute signification. Elle ressentait même une exaltation qu'elle n'avait jamais connue auparavant.

Dès l'instant où elle était sortie sur le perron pour se diriger timidement vers l'endroit où lord Arkley l'attendait, elle avait eu l'impression de laisser derrière elle toute la grisaille de sa triste vie.

Le cheval qu'elle allait monter était l'animal le plus fougueux de l'écurie. Certes, il n'aurait pu supporter la comparaison avec les chevaux magnifiques qu'elle avait connus chez elle, en Hongrie, mais du moins ne s'agissait-il pas d'une de ces haridelles que louaient d'habitude les élégantes, qui ne montaient que pour respecter la mode.

– Je vous souhaite une bonne journée! lança lord Arkley, d'un ton courtois qui contrastait avec l'expression de son regard.

– Elle l'est... pour moi, répondit Mariska.

Il l'aida à se mettre en selle : elle était aussi légère qu'une plume. Puis ils se mirent en route. Jamais il n'avait vu une femme se tenir avec autant d'élégance à cheval. Mais Mariska ne se souciait nullement de recevoir des compliments : elle était toute à la joie de trotter et de s'éloigner de ses ennuis et de ses chagrins.

Ce qu'il ignorait, c'est que la jeune femme avait retenu son souffle depuis son lever, terrifiée à l'idée de réveiller son mari qui pouvait refuser de la laisser sortir. Cette hantise ne l'abandonna que lorsque Josef eut refermé la porte derrière elle. Alors, certaine d'avoir échappé à son mari, écoutant chanter son cœur, se sachant libre pour une heure au moins, elle avait traversé le corridor en courant.

Ils cheminèrent en silence le long d'un sentier bordé de sapins et débouchèrent dans une clairière. En contrebas, on apercevait des prairies verdoyantes.

Mariska contempla la vallée, puis regarda lord Arkley d'un œil interrogateur.

– Ce n'est pas la steppe hongroise, remarqua celui-ci, mais c'est un excellent terrain pour galoper.

Le sourire qu'elle lui adressa l'enchanta.

Ils descendirent la colline, encourageant peu à peu leurs montures à presser le pas, et atteignirent enfin le fond de la vallée.

Celle-ci était couverte de fleurs alpestres éclatantes de couleurs, et ils se mirent à galoper à bride abattue, côte à côte, poussant leurs chevaux à rivaliser entre eux. Ils parcoururent ainsi un bon kilomètre et demi avant de tirer enfin sur les rênes. Mariska s'écria :

– C'était merveilleux! Absolument, parfaitement merveilleux!

Pour la première fois depuis que lord Arkley la connaissait, il vit des couleurs sur ses joues, ses yeux brillaient et elle souriait. Elle avait tout d'une jeune fille en fleur au seuil de la vie, goûtant chaque seconde avec la conviction que les contes de fées allaient devenir réalité et qu'elle vivrait heureuse à jamais.

Intimidée par la façon dont il la regardait, Mariska se pencha pour flatter l'encolure de son cheval.

– Où allons-nous à présent? demanda-t-elle, effrayée soudain à l'idée qu'il allait falloir rentrer.

– Remontons jusqu'au sentier forestier que nous avons quitté tout à l'heure. Je veux vous montrer un chemin conduisant à un lac que je trouve très beau.

– Avec plaisir! s'exclama Mariska.

Ils rejoignirent le sentier qui serpentait au milieu des arbres, et arrivèrent bientôt en vue du lac.

Il n'était pas grand mais, comme l'avait annoncé lord Arkley, splendide. Enchâssé dans les arbres, il réfléchissait le bleu du ciel et, à cette heure de la matinée, ils étaient seuls à l'admirer. De l'extrémité de sa cravache, lord Arkley désigna à Mariska un toit de tuiles rouges.

– Il y a là-bas une petite auberge. J'imagine que vous n'avez pas pris de petit déjeuner ce matin.

– Comment le savez-vous?

– J'ai pensé que vous seriez trop pressée ou, peut-être, trop nerveuse... (Comme elle ne disait rien, il demanda après un silence :) Ai-je vu juste?

– Oui... bien sûr que oui. Comment faites-vous pour me deviner ainsi?

Pour ne pas l'embarrasser davantage, il ne lui répondit pas que ses yeux la trahissaient, et qu'il se sentait capable d'y lire tous ses secrets. Il savait même qu'elle s'était esquivée sur la pointe des pieds, avant que le prince Friedrich ne s'éveille.

Ils se dirigèrent vers la petite auberge dans un

silence tel que l'on entendait seulement le frottement des rênes, le bourdonnement des abeilles et le refrain intermittent d'un oiseau chanteur.

L'auberge était en fait un petit café, situé à côté d'un débarcadère, avec deux tables à l'extérieur exposées au soleil. Après avoir confié leurs montures aux bons soins d'un jeune garçon, ils s'y installèrent.

Mariska s'accouda à une grossière balustrade, faite de troncs d'arbres non équarris, et contempla la danse de centaines de petits poissons dans l'onde claire.

Une légère brume venue du lac, dont les eaux argentées réfléchissaient la silhouette des arbres, contribuait à créer une atmosphère magique et mystérieuse. Le paysage entier paraissait enchanté.

– Que voulez-vous? demanda lord Arkley. Un vrai breakfast anglais?

– Non... surtout pas, c'est beaucoup trop! Je voudrais juste un peu de café.

Une jolie jeune fille, vêtue du costume national de la Bohême, avec son corselet de velours noir et sa blouse brodée, vint prendre la commande que lui passa lord Arkley dans un allemand irréprochable.

Quand elle fut partie, Mariska remarqua :

– J'ai toujours trouvé que l'allemand était une langue particulièrement désagréable à l'oreille, mais quand vous le parlez, il prend un son très différent.

– Il me semble que c'est un compliment que vous me faites là!

– Non... je le dis comme je le pense.

– Je le prends comme un compliment. A présent, à mon tour de vous en faire un! Je n'ai jamais vu une femme monter aussi bien que vous, aussi à l'aise en selle.

A la soudaine lueur qui anima ses yeux, il comprit combien il lui faisait plaisir.

– Je ne vous ai pas encore remercié, d'avoir bien voulu me laisser vous accompagner ce matin, répondit-elle. J'ai eu l'impression que Friedrich vous imposait ma présence... Cela m'a beaucoup gênée...

Lord Arkley remarqua qu'elle avait laissé de côté tout formalisme et qu'elle parlait de son mari sans mentionner son titre.

– Si je vous dis que c'est un plaisir pour moi, commença-t-il, cette expression ne sera qu'un pâle reflet de mes sentiments véritables : notre promenade m'a enchanté!

– Vraiment? Je suis pourtant certaine que vous auriez préféré être seul... ou avec quelqu'un d'autre...

– Pour que vous ne vous mettiez pas martel en tête avec des idées de ce genre, laissez-moi vous dire en toute franchise que vous êtes la seule personne à Marienbad avec qui j'ai plaisir à me trouver en ce moment, répondit-il avec douceur.

L'accent qu'il avait mis dans sa voix lui fit battre le cœur d'une étrange manière. Embarrassée, elle détourna le regard et observa de nouveau la valse des poissons dans le lac.

– Croyez-vous, demanda-t-elle au bout d'un moment, qu'ils ont, tout comme nous, leurs problèmes et leurs ennuis?

– Si c'est le cas, alors ils ont aussi leurs joies.

– Vous voulez dire... que les deux vont de pair?

– C'est ainsi que va la vie. Il est impossible d'empêcher la naissance et le déclin, le flux et le reflux du bonheur et du malheur.

– Comme les marées...
– Exactement!
Elle posa un coude sur la table, et appuya une joue sur sa main.
– Vous êtes un sage. Chaque fois que je vous parle... les choses semblent reprendre leur juste place. Tout paraît tellement... raisonnable...
– Et quand vous ne me parlez pas?
– Je suis désorientée... déroutée. On dirait que je suis incapable de réfléchir toute seule.
– En ce cas, n'essayez pas. Cessez de penser. En ce monde, la moitié des problèmes viennent du fait que les gens, passant leur vie à faire des projets pour le lendemain et le surlendemain, en oublient de vivre l'instant présent.
– Croyez-vous vraiment que cela puisse simplifier les choses?
– J'en suis persuadé! Et si je peux me permettre de vous le dire, au risque de me heurter à votre incrédulité, la moitié des problèmes que nous redoutons se révèlent plus faciles à résoudre que nous ne l'imaginons. (Puis, comprenant que l'image du prince Friedrich s'était instantanément présentée à l'esprit de Mariska, il s'empressa d'ajouter :) Pensez au présent! Oubliez tout, hormis que vous êtes ici, en ce moment, que nous pouvons bavarder tous les deux sans être interrompus, sans personne pour nous critiquer.
– Et que je dois en savourer chaque seconde!
Elle savait déjà, en son for intérieur, que ces précieux instants resteraient en elle comme un souvenir qu'elle pourrait revivre quand les choses deviendraient trop difficiles.
La jeune fille apporta la commande. A Mariska, elle servit non seulement du café, sur lequel flottait une riche crème fouettée, mais aussi des petits

pains chauds, du beurre et du miel qui embaumait le pin et les fleurs sauvages, une coupe de pêches, coupées en dés, et une montagne de petits raisins blancs sucrés, provenant des vignes avoisinantes.

Pendant leur collation, lord Arkley fit rire Mariska en lui racontant certains voyages qu'il avait faits avec le roi. Il lui rapporta quelques anecdotes plaisantes, tout en restant très discret sur les raisons politiques de ces déplacements à l'étranger – car, après tout, il était en vacances, et il estimait que c'était le moment ou jamais d'oublier la diplomatie. Pourtant, au fond de lui-même, d'inquiétantes pensées l'agitaient. Etait-ce par déformation professionnelle? Toujours est-il qu'il ne pouvait s'empêcher de penser que Marienbad était le théâtre d'intrigues secrètes touchant à la situation internationale. Par exemple, il craignait particulièrement le baron von Echardstein. Ce général était très astucieux – malgré sa tendance à la grandiloquence –, et lord Arkley s'interrogeait sur les véritables raisons de sa présence à Marienbad et de sa visite au prince Friedrich.

Sans doute était-ce en rapport avec le roi. Mais comment imaginer que quelqu'un puisse attendre du prince Friedrich, réduit à une condition d'invalide, une aide quelconque pour le gouvernement ou des informations supplémentaires? Cependant, dans une cervelle allemande, il y a toujours une arrière-pensée, un tiroir secret. D'où l'on pouvait déduire que ce n'était pas par hasard si, d'une part, il avait été invité à dîner dès le lendemain de son arrivée, et si, d'autre part, on lui avait dépêché Mariska...

Mais au diable ces sombres pensées! Le conseil qu'il venait de donner à la princesse s'appliquait également à lui. Il devait se contenter de vivre dans le présent, admirer la beauté du visage qu'il avait en face de lui et écouter sa voix mélodieuse. S'efforcer aussi de savoir pourquoi elle suscitait en lui des sentiments si étrangement différents de tous ceux qu'il avait éprouvés par le passé...

Bah! Il se faisait des idées : Mariska était une très jolie femme, il était un homme, et tous deux se trouvaient seuls dans un endroit merveilleux - il n'y avait pas à chercher plus loin.

Il savait bien pourtant qu'il se mentait à lui-même mais, pour l'instant, il n'avait aucune envie d'affronter la vérité.

Mariska avala jusqu'au dernier grain de raisin et s'exclama :

– Il y a longtemps que je n'avais mangé autant! J'en ai honte!

– Vous n'avez aucune raison d'avoir honte! J'aimerais pouvoir vous emmener en Angleterre, et vous faire servir trois bons repas chaque jour, vous prendriez peut-être un peu de poids.

– C'est bien improbable. Je suis certainement la seule à Marienbad qui ne s'efforce pas de maigrir.

– Les autres n'y mettent pas tellement de bonne volonté, vous savez! Ils boivent un peu d'eau et ils se disent que cela suffira à faire des miracles. Ensuite, ils ingurgitent tous les plats qu'on pose devant eux!

Mariska savait qu'il pensait au roi Edouard, connu pour ses pantagruéliques repas, sans parler des en-cas qu'il prenait à tout moment de la journée pour se maintenir en forme.

– La duchesse m'a raconté un déjeuner auquel elle a assisté, il y a deux ans, au café *Rubezuhl,* en l'honneur du roi Edouard et du roi de Grèce.

Lord Arkley connaissait, bien sûr, ce célèbre restaurant, caché en pleine forêt, qui rivalisait avec les meilleurs de Marienbad. Il était très difficile de ne pas voir augmenter son tour de taille après un repas chez ce traiteur.

– Le menu commençait par du *fogosch* grillé, poursuivit Mariska.

– C'est le poisson le plus délicieux que l'on puisse trouver dans les eaux du Danube.

– Je l'aime également, mais pas quand on le fait suivre de côtelettes d'agneau, de perdreaux rôtis et de jambon de Prague en aspic.

Lord Arkley éclata de rire.

– Je suis sûr que le roi n'en a pas laissé une seule bouchée!

– Ils ont terminé par une salade de fruits et bien sûr ils ont fait honneur à tous les meilleurs crus autrichiens!

– Sans doute oublièrent-ils de se peser pendant les trois jours qui suivirent!

– A mon avis, le roi Edouard n'a pas intérêt à maigrir. Cela le mettrait de mauvaise humeur, lui qui est d'un tempérament bon et joyeux. Il aime la vie, et c'est beaucoup plus important que d'avoir la taille fine.

– Je suis tout à fait d'accord avec vous. Mais, d'un autre côté, ses amis craignent pour son cœur. Nous ne pourrions pas supporter de le perdre. Et l'Angleterre non plus.

– Vous avez beaucoup d'affection pour lui?

– C'est un personnage hors de pair, et si quelqu'un peut préserver la paix en Europe, c'est bien lui.

Il lui tenait ces propos à dessein, pour le cas où Mariska les rapporterait à son mari, sachant que c'était là exactement ce que les Allemands n'avaient pas envie d'entendre.

– La duchesse m'a dit qu'on l'appelle souvent « l'oncle de l'Europe ».

– Ce surnom lui convient parfaitement. Et maintenant, parlons un peu de vous. Pourquoi ne rendez-vous jamais visite à vos parents, en Angleterre?

– J'aimerais beaucoup le faire. Mon oncle, le duc de Dorset, m'a d'ailleurs invitée à séjourner chez lui l'an passé.

– Mais vous avez été forcée de décliner l'invitation?

– Friedrich n'était pas en état d'entreprendre un aussi long voyage.

Lord Arkley ne fit aucun commentaire. Mariska reprit :

– La duchesse m'a appris aussi que vous avez de superbes meubles français dans votre résidence du Hampshire.

– Je serais enchanté de vous les montrer. Je possède également de très belles toiles de maîtres français, dont quelques impressionnistes à propos desquels j'aimerais avoir votre opinion.

– Des impressionnistes? répéta Mariska en écarquillant les yeux. Lors d'un séjour à Paris, mon père a beaucoup admiré les œuvres d'un artiste nommé Monet.

– De toute évidence nous avons les mêmes goûts, votre père et moi.

– J'aimerais justement en apprendre davantage au sujet des impressionnistes. Leurs œuvres sont un tel sujet de controverses! Mais, en Allemagne, on dénigre tout ce qui est français et on n'apprécie que l'art le plus conventionnel.

– Et cela n'est pas votre cas?

– Peut-être suis-je une révolutionnaire, au fond. Je veux toujours voir ou essayer ce qui est nouveau. Il y a tant de merveilles sur la terre dont je n'entendrai jamais parler... et que j'aurai encore moins l'occasion de voir.

Elle était redevenue triste. Lord Arkley mourait d'envie de lui dire qu'elle ne devait pas s'affliger ainsi, que tout finirait par s'arranger.

Mais qu'en savait-il?

Le prince Friedrich était du même âge que lui – il n'avait guère que vingt-neuf ans – et à moins que l'alcool n'ait raison de lui, cette situation risquait de se prolonger encore pendant longtemps. Mariska résisterait-elle à cette tension, pourrait-elle continuer à vivre, jour après jour, année après année, assise sur un volcan?

– A quoi pensez-vous? demanda-t-il.

– Je me disais que si nous prenions une barque et ramions sur l'eau à travers la brume, nous trouverions peut-être un monde différent de l'autre côté du lac.

– Comment savez-vous qu'il serait meilleur que celui-ci?

– Du moins serait-il nouveau, différent...

– Je n'ai pas besoin de vous rappeler qu'il vous est possible de vous évader dans un autre monde...

– Vous voulez dire... en esprit?

– Bien sûr! Grâce à la lecture, à la musique, à l'art – les toiles de Monet...

– C'est exactement ce que j'essaie de faire, mais c'est difficile... très difficile.

– Vous devez essayer avec encore plus d'opiniâtreté. A l'instant, pendant que vous contempliez la brume, vous vous éloigniez doucement. Maintenant, regardez ces pins, là-bas, et dites-vous que si vous alliez vous réfugier sous leur ombre, vous entendriez et verriez des choses dont ici nous n'avons pas la moindre idée.

– Je vais essayer... je vais vraiment essayer, promit Mariska avec conviction.

Leurs yeux se rencontrèrent et ils restèrent brusquement tous les deux un instant comme pétrifiés.

– Peut-être, reprit-elle d'une voix qui n'était guère qu'un murmure, quand j'aurai trouvé le chemin de cet autre monde, vous serez là, vous aussi?

– Je ferai mon possible pour me trouver là, répondit-il. Mais vous comprenez bien que cela ne sera facile, ni pour vous ni pour moi.

Il n'était pas très sûr de ce qu'il voulait dire par là. Tout se passait comme si les propos qu'il tenait lui étaient suggérés par une voix extérieure à lui. Il n'avait pas le souvenir d'avoir jamais eu, auparavant, une conversation aussi étrange avec une femme. Mais aussi il ne s'était jamais trouvé de grand matin au bord d'un lac, en présence d'une personne aussi adorable!

Elle avait un je-ne-sais-quoi qui, par comparaison, faisait paraître toutes les autres femmes vulgaires et disgracieuses, comme des roses trop ouvertes à côté d'un brin de muguet. « Voilà, songea-t-il, c'est exactement la fleur à laquelle elle ressemble. Ou peut-être à un perce-neige s'épanouissant courageusement avant la fonte des neiges. »

Mariska poussa un petit soupir.

– Je n'oublierai jamais ces instants. Je tirerai profit de vos conseils, ils m'aideront... c'est un peu comme si vous m'aviez lancé une bouée de sauvetage au milieu d'une mer démontée.

– Les mers les plus agitées finissent par se calmer.

Mariska le gratifia d'un léger sourire.

Là-dessus, ne voulant pas commettre la grossière erreur d'irriter le prince Friedrich en la retenant trop longtemps, lord Arkley demanda l'addition.

Ils rentrèrent en silence mais, à en juger par la façon dont la princesse regardait autour d'elle, on aurait dit que toute parcelle de beauté qu'elle pouvait glaner était la clef qui lui permettrait de pénétrer dans ce royaume secret qu'ils avaient évoqué.

Quand ils aperçurent au loin les toits de Marienbad, lord Arkley demanda :

– M'accompagnerez-vous demain ?

– Cela me ferait plaisir plus que tout au monde, mais peut-être ne me le permettra-t-on pas... et peut-être...

– Ne dites rien de plus ! Vous savez bien que je ne désire la compagnie de personne d'autre.

– J'ai tellement peur... de vous ennuyer.

– Vous savez qu'il n'en est rien.

– En êtes-vous tout à fait certain ?

– Ne vous préoccupez pas de mes sentiments personnels. Concentrez-vous plutôt sur ce monde secret que vous essayez d'atteindre.

– Je vous le promets. J'y penserai à chaque minute, surtout quand je serai seule... Je lisais l'autre jour un ouvrage de Mme Blavatsky. Selon elle, lorsqu'on est prêt à recevoir l'enseignement d'un guide, ou d'un maître... celui-ci apparaît.

Lord Arkley sourit.

– Vous me flattez. Mais si nous avons bien lu le même livre, le guide, ou le maître, n'est pas nécessairement une personne physique. L'aide peut venir de toutes sortes de sources différentes. Certains la trouvent dans l'Eglise, d'autres au sommet d'une montagne, d'autres encore en faisant de l'aviron sur un lac semblable à celui que nous venons de quitter.

– Bien sûr ! s'exclama Mariska. Pourquoi n'y ai-je pas pensé ? (Après une courte pause, elle ajouta timidement :) Mais je persiste à croire que vous avez été envoyé... pour m'aider.

– Puissiez-vous dire vrai!

Ils terminèrent en silence le trajet jusqu'à l'hôtel.

Il n'était pas encore tout à fait neuf heures. Mariska s'empressa de gravir l'escalier. En entrant dans le salon, elle eut un coup au cœur : le prince Friedrich, levé et habillé, prenait son petit déjeuner. Il avait coutume de faire un énorme repas le matin et, pour l'heure, s'appliquait à faire des ravages dans un plat de ris de veau. Il lui jeta un coup d'œil et, sans faire aucun commentaire, se remit à manger.

– Bonjour, Friedrich! C'est très aimable à vous de me permettre de monter en compagnie de lord Arkley. J'adore faire de l'exercice!

Elle songea aussitôt que ce n'était pas la chose à dire à un mari qui ne pouvait se livrer à aucune activité physique.

– Votre Altesse Royale désire-t-elle prendre quelque chose? intervint Josef en lui avançant une chaise.

– Un peu de café, si vous voulez bien, répondit Mariska, songeant qu'il eût été maladroit de ne rien prendre du tout.

Pour rien au monde elle n'aurait raconté à Friedrich son petit déjeuner en tête-à-tête avec lord Arkley, à la terrasse de la petite auberge au bord du lac. C'était un secret, un endroit où ils avaient été ensemble, seuls, et le simple fait d'en parler à un tiers risquait de ternir le mystère qui entourait cet instant.

Le prince repoussa son assiette.

– Eh bien, que lui avez-vous dit? demanda-t-il sèchement.

– A lord Arkley?

– Et à qui d'autre? Vous étiez bien seuls tous les deux, non?

– Nous n'avons pas beaucoup bavardé.

– Que vous a-t-il dit? Je vous ai demandé de me rapporter ses propos. Lui avez-vous parlé du roi Edouard?

– Oui. Lord Arkley a vanté sa bonté.

– Quoi d'autre?

– Il a fait allusion à son goût pour la bonne chère.

– Tout le monde est au courant de cela! Quoi encore?

– Il... il m'a raconté quelques petites... anecdotes, des incidents drôles survenus au cours de ses voyages avec le roi.

– A-t-il parlé de l'Allemagne?

– Non.

– De la France?

– Seulement de sa visite à Paris, il y a deux ans, en compagnie du roi Edouard.

Un long silence suivit.

Puis, tout à coup, si brusquement qu'elle en sursauta, le prince Friedrich écrasa pesamment son poing fermé sur la table. Assiettes, tasses et soucoupes tremblèrent.

– Vous êtes en train de faire de l'obstruction délibérée! s'écria-t-il. Si je vous laisse monter à cheval, c'est pour savoir ce qui se passe! Dieu sait que j'ai peu de plaisirs dans la vie! Laissez-moi au moins vivre par procuration!

Mariska fut touchée.

– Je suis désolée, Friedrich. J'ignorais que notre conversation pouvait présenter de l'intérêt pour vous...

– Eh bien, il se trouve que cela m'intéresse! Alors, allez-y, racontez-moi!

Mariska tenta frénétiquement de se rappeler tout ce qu'ils avaient pu dire sur toute autre personne qu'eux-mêmes, mais elle était trop bouleversée et n'arrivait pas à trouver ses mots.

– Je lui ai dit qu'on appelait parfois le roi Edouard « l'oncle de l'Europe »... et il m'a répondu que ce surnom lui convenait parfaitement... que si quelqu'un s'avérait capable de préserver la paix en Europe, ce serait lui.

– Préserver la paix! grogna dédaigneusement le prince Friedrich. Vous vous imaginez que c'est ce qu'il est en train de faire? Alors qu'il pousse la France contre l'Allemagne?

– Je ne crois pas que ce soit ce qu'il cherche.

– Vous ne croyez pas! Et qu'est-ce que vous en savez, espèce de petite crétine sans cervelle? Bülow a parlé de la « dague sentimentale » du roi Edouard. Voilà quelque chose d'intéressant! Demandez à lord Arkley de vous expliquer cela!

Il hurlait presque. Mariska implorait le Ciel que lord Arkley, de son appartement voisin, ne puisse pas distinguer ses paroles. Soudain, cette pensée lui vint à l'esprit : si lord Arkley en venait à se dire qu'elle s'efforçait de lui soutirer des renseignements pour les rapporter à Friedrich, il refuserait de la rencontrer...

Mais c'était absurde. Lord Arkley avait beaucoup trop d'expérience des cours d'Europe pour lui révéler quoi que ce soit susceptible d'intéresser quelqu'un comme le général von Echardstein ou l'amiral von Senden.

Elle chassa définitivement tout soupçon de son esprit et conclut que Friedrich, comme à l'accoutumée, se montrait tout simplement insupportable et, qui sait, jaloux, peut-être, malgré la haine qu'il lui témoignait. Elle essaya de se rappeler ce que lord

Arkley lui avait raconté d'autre à propos du roi, mais elle ne trouvait rien.

Friedrich la dévisageait d'un air mauvais. Mariska, qui ne comprenait pas en quoi elle l'avait contrarié, se leva.

– Je dois aller me changer, s'excusa-t-elle. Je ne voudrais pas vous faire attendre... quand viendra l'heure de nous rendre sur la *Kreuzbrunnen.*

– Si vous n'êtes pas prête, j'irai sans vous, rétorqua le prince. (Comme elle allait sortir, il ajouta d'une voix étrange :) Je présume que vous accompagnerez à nouveau lord Arkley demain matin?

La jeune femme s'arrêta aussitôt.

– J'aimerais beaucoup, si vous m'en donnez l'autorisation.

– Je vous le permettrai si vous me rapportez des propos un peu plus intéressants. Dieu sait ce qu'il me faut endurer, cloué ici, à entendre, jour après jour, votre inepte conversation! Quand on vous donne la chance de pouvoir vous entretenir avec un homme du monde, vous devriez vous faire un devoir d'utiliser le peu de cervelle que vous avez pour essayer de vous rappeler ses propos.

– Je ferai de mon mieux, Friedrich, promit Mariska, et merci...

Elle se sauva, le cœur battant.

Ainsi elle pourrait s'échapper encore une fois, et retrouver lord Arkley qui l'avait guidée vers un monde magique qu'elle n'avait jamais soupçonné jusque-là. Alors qu'elle sombrait dans un abîme de désespoir, il lui avait tendu la main, il l'avait tirée de ce cauchemar, et grâce à lui elle connaissait enfin le bonheur!

– Il est merveilleux, absolument merveilleux, murmura-t-elle pour elle-même.

Et elle se mit à calculer combien d'heures et de

minutes allaient s'écouler avant qu'elle puisse le revoir.

Tandis qu'il ôtait ses bottes, aidé de Hawkins, lord Arkley pensait à Mariska et à son expression quand il lui avait parlé d'un « monde secret ».

« Comment ai-je deviné que c'était cela qu'elle attendait de moi? se demanda-t-il. Comment cette idée m'est-elle venue à l'esprit? Je n'avais jamais pensé à cela auparavant! »

Pourtant, tout comme Mariska, il avait eu le sentiment, lui aussi, que le voile de brume à l'autre extrémité du lac, la beauté des pins et le miroitement des eaux transparentes avaient quelque chose de magique, qu'il n'avait jamais remarqué jusqu'à ce jour.

« Elle est différente de toutes les personnes qu'il m'a été donné de rencontrer », se dit-il, espérant ardemment qu'il la retrouverait le lendemain et pourrait chevaucher encore en sa compagnie.

– Sa Majesté aimerait vous voir à son retour de promenade, annonça Hawkins, rompant le silence.

Lord Arkley regarda la pendule.

– Il doit être de retour, maintenant. Lui avez-vous dit que j'étais sorti à cheval?

– Oui, milord.

Lord Arkley prit son chapeau et sa canne.

– J'y vais tout de suite.

Il soupira. Il aurait préféré pouvoir ouvrir son courrier et lire les journaux. Mais il savait pertinemment que le roi serait irrité par le moindre retard.

En chemin, il se surprit à penser à la façon dont le prince Friedrich avait tourné le roi en dérision, le traitant de tyran. En vérité, cette critique n'était pas sans quelque fondement.

Il trouva le roi qui l'attendait, seul, au salon.

– Bonjour, Arkley! Je me suis laissé dire que vous étiez parti faire du cheval?

– Oui, sire.

– Seul?

La question avait été posée d'une telle façon que lord Arkley eut la certitude que le roi connaissait déjà la réponse. Mais il était de bon ton de ne pas le laisser voir.

– Le prince Friedrich m'a prié d'escorter la princesse Mariska, expliqua-t-il. Il m'était difficile de refuser.

– Et vous n'avez naturellement aucune idée de la raison pour laquelle on vous a fait cette surprenante proposition...

– Aucune, sire.

Peu lui importait ce que l'on pouvait penser du prince, mais il était bien décidé à ne laisser peser aucun soupçon sur Mariska. Le roi sourit.

– Elle est très jolie. Elle l'était déjà quand elle n'était qu'une gamine et, si elle était débarrassée de cet ivrogne brutal, on se l'arracherait.

Lord Arkley était bien d'accord, mais il jugea plus diplomatique de ne pas le reconnaître.

– Asseyez-vous, reprit le roi. Avez-vous une idée du motif de la présence d'Echardstein à Marienbad? Savez-vous pourquoi il a rencontré le prince Friedrich?

– Oui, sire.

– Vraiment? Et pourquoi selon vous?

– Je pense, sire, encore que je puisse me tromper, que le haut commandement allemand est impatient de savoir quel genre de rapport je vous ai fait à la suite de mon voyage à travers l'Allemagne.

– Vous croyez? Hum... Vous avez sans doute raison.

– Nous devons nous tenir sur nos gardes, sire. Echardstein n'est pas venu seul. Savez-vous que l'amiral von Senden est là également, soi-disant pour faire une cure!

– C'est ce que j'ai entendu dire... Croyez-vous qu'il soit significatif que son arrivée coïncide avec la vôtre?

– Je pense que ce « hasard » est une précieuse indication pour les événements à venir, sire.

– Ce que je redoute, c'est que Guillaume soit poussé à la guerre par son état-major. Ils l'obligeront à tirer l'épée. L'empereur n'aura pas le courage de leur faire entendre raison et se contentera de suivre lâchement leurs conseils. Ce n'est pas par sa volonté qu'il déclenchera une guerre, mais par sa faiblesse.

– Le croyez-vous sérieusement, sire?

– J'espère que je me trompe. Dieu sait que personne ne veut la guerre, mais nous devons regarder les choses en face, Arkley.

– C'est-à-dire?

– Le kaiser croit que le destin l'a choisi pour devenir le plus grand souverain de la terre, et qu'il est investi de la mission divine de faire de l'Allemagne la première puissance du monde!

Lord Arkley poussa un long soupir.

– Si quelqu'un peut lui barrer la route, sire, ce sera vous.

– Peut-être... Si j'ai de la chance. Mais je ne peux m'empêcher de me demander ce qu'il adviendra de tout cela après ma mort...

5

Josef pénétra dans le salon où Mariska l'attendait.

– Son Altesse s'est endormie, princesse.

– Vous êtes absolument certain qu'il ne me fera pas appeler, Josef?

– Oui. Aujourd'hui, le traitement médical a été particulièrement éprouvant. (Il observa un silence, fronça les sourcils et ajouta :) Mais je crains fort, Votre Altesse, que ce traitement ne change pas grand-chose.

– Nous le savons bien tous les deux, Josef. Mais aussi longtemps qu'il aura foi en son efficacité, il faudra qu'il le poursuive.

Josef savait mieux que personne que, si le prince Friedrich n'avait pas cet emploi du temps saturé de traitements, de consultations et de cures en tout genre, la fréquence de ses accès de violence irait en augmentant. Et qui aurait à en souffrir, sinon la princesse et lui-même? Il ne parlait jamais des coups qu'il recevait quand il habillait le prince ou le mettait au lit, et dans les moments où celui-ci était trop ivre pour se rendre compte de ce qu'il faisait.

Malgré sa petite taille, Josef était un homme très vigoureux et il était passé expert dans l'art d'esquiver les coups. Par ailleurs, le prince était assez intelligent pour comprendre qu'il ne pouvait se passer de ses services et, tout abject que soit Friedrich, il n'en respectait pas moins son courage et son refus de courber l'échine.

En ce qui concernait Mariska, c'était autre chose.

Elle était femme. En tant que telle, elle devait se montrer humble et soumise, repentante même. N'était-ce pas à cause de son mariage avec elle qu'il était devenu infirme ?

– Si vous êtes absolument certain que Son Altesse n'aura pas besoin de moi, je puis donc rendre visite à la duchesse.

– Soyez de retour vers 17 heures, pour le thé, Votre Altesse.

Aujourd'hui, bien que Friedrich se soit montré très grossier pendant le déjeuner, Mariska se sentait heureuse. Pour la première fois, les insultes ne l'avaient pas atteinte. Elle se trouvait de l'autre côté du voile de brume, dans un royaume enchanté.

Après leur promenade le long de la colonnade, elle n'avait même pas eu besoin de lire : assise dans l'austère et affreux salon, elle ne voyait que les eaux miroitantes du lac et les yeux de lord Arkley plongés dans les siens. Comment avait-elle eu le courage de lui parler comme elle l'avait fait, elle qui n'avait jamais pu s'entretenir librement avec personne, à plus forte raison avec un homme ?

Demain, elle le reverrait. Malgré ses belles théories sur « l'instant présent », elle ne vivait que pour ce moment à venir. Alors, chevauchant côte à côte, ils seraient tous deux seuls dans un monde enchanté.

Elle gagna en courant l'appartement de la duchesse.

– Son Altesse Royale la princesse Mariska! annonça la domestique.

La duchesse poussa une exclamation de bienvenue.

– Mon enfant! Quel plaisir! J'espérais bien que vous viendriez.

Mariska l'embrassa sur la joue.

– Vous êtes très en beauté aujourd'hui, remarqua la vieille dame. Vous paraissez transformée, presque... heureuse! Qu'est-il arrivé?

– Impossible de vous cacher quoi que ce soit! Oui, je suis heureuse. J'ai passé une matinée absolument merveilleuse!

– A chevaucher en compagnie de lord Arkley...

– Vous le saviez?

– Naturellement, je le savais! Vous ne croyez tout de même pas que quelque chose puisse passer inaperçu dans cet hôtel? Pour tout vous dire, mon domestique, Henri, promenait mon petit chien et il vous a vus, tous les deux, vous éloigner à cheval.

– C'était tellement merveilleux de pouvoir monter de nouveau sur un cheval!

– Et d'être en compagnie d'un homme très séduisant...

Mariska sentit ses joues s'empourprer. La duchesse ajouta :

– Je n'ai pas l'intention de vous taquiner. Je suis trop heureuse que l'on vous ait permis d'échapper à vos devoirs pendant un petit moment.

– J'ai été absolument stupéfaite quand Friedrich m'a fait cette proposition. Je voulais déjà vous avertir hier mais, par superstition, j'ai préféré ne pas en parler à l'avance.

– Au cas où Friedrich changerait d'avis? C'est bien ça?

– Qui a pu lui mettre cette idée en tête? Mais la

seule chose qui importe, c'est qu'il m'ait autorisée à monter aujourd'hui et demain.

La duchesse resta un moment silencieuse. Puis, en pesant bien ses mots, elle demanda :

– Que pensez-vous de lord Arkley?

– Il est tellement aimable... et tellement différent de tous les hommes que j'ai connus jusqu'à ce jour...

– Je l'ai trouvé charmant, en effet.

– Il est venu vous rendre visite?

– Oui, hier, après que vous lui avez transmis mon message. Nous avons parlé de sa mère. Je pense que Leila serait très fière de lui.

– Il est très... intelligent.

– Ce qui n'a aucune importance aux yeux de la plupart des femmes de sa connaissance!

– Je croyais au contraire que c'étaient les hommes qui n'aimaient pas les femmes intelligentes...

– Tout dépend de la façon dont elles se conduisent. Ce qu'un homme n'aime pas chez une femme, c'est qu'elle cherche à le dominer, et s'efforce de prouver qu'elle est plus intelligente que lui.

– En d'autres termes, elle doit se montrer humble et soumise. C'est un point de vue très germanique.

– Ce n'est pas ce que j'ai voulu dire. En France, par exemple, depuis Diane de Poitiers, ce sont les femmes qui gouvernent. Mais elles le font avec astuce, usant de ruses typiquement féminines pour dissimuler à l'homme qu'il est manipulé.

– Mais moi je ne veux manipuler personne! répondit Mariska en souriant. Je suis toujours ravie quand un homme m'apprend quelque chose, car je mesure à quel point je suis ignorante.

– Je suis certaine que beaucoup d'entre eux

seraient enchantés d'être votre professeur. Surtout s'il s'agissait d'une leçon d'amour...

Un peu embarrassée par la tournure que prenait la conversation, Mariska s'empressa de changer de sujet :

– Je ne tiens pas à parler de moi. Parlons plutôt de vous, madame. Le roi est-il venu vous voir?

– Il viendra prendre le thé demain après-midi. Naturellement, toutes les ravissantes créatures qui espèrent le trouver dans leur boudoir parfumé à la même heure, auront envie de m'arracher les yeux!

Mariska éclata de rire.

– Parfument-elles vraiment leurs appartements?

– Bien sûr! Et elles portent ces soi-disant « robes-pour-le-thé », qui sont parfaitement inconvenantes. Des chemises de nuit déguisées, voilà ce que c'est!

Mariska l'écoutait avec une expression qui disait assez qu'elle songeait moins au roi qu'aux femmes qui essayaient de séduire lord Arkley.

– Ces affaires de cœur ne sont pas sérieuses, continua la duchesse. Elles ne sont que des passe-temps. L'amour, le véritable amour, est très différent et n'a besoin ni de boudoirs parfumés ni de robes spéciales. Ne désespérez pas, mon enfant. Tout passe, surtout le chagrin...

A nouveau, Mariska détourna la conversation :

– Ah!... je me rappelle ce que je voulais vous demander! Puisque vous connaissez tout le monde, avez-vous entendu parler de la baronne von Kettler?

La duchesse se raidit et dévisagea Mariska avec étonnement.

– La baronne von Kettler? répéta-t-elle. Pourquoi cela?

– Quelqu'un a mentionné son nom, et... je me demandais qui était cette femme, voilà tout.

– Je vais tout vous dire, du moins, tout ce qu'il est possible de connaître à propos d'une personne aussi extraordinaire.

– En quoi est-elle extraordinaire?

– Il serait peut-être plus juste de dire que sa carrière sort de l'ordinaire. Le bruit court qu'elle a d'abord chanté ou dansé dans un café-concert mal famé, mais on ne peut en être tout à fait certain.

– Une actrice?

– C'est un terme bien poli pour désigner ce métier! La première fois qu'elle se fit remarquer, ce fut quand elle séduisit le pauvre vieux baron von Kettler, qui était veuf et immensément riche.

– Il l'a épousée?

– Sans hésiter!

– Et elle a été admise dans la bonne société? Je n'ai pourtant jamais entendu parler d'elle. Elle est allemande?

– Non! Elle est d'une ascendance indéfinissable, un mélange de plusieurs origines. Certaines personnes ont insinué qu'elle avait du sang turc, égyptien ou mauresque dans les veines. Seul le Ciel connaît la vérité! Je crois que son père était polonais.

– Et elle est... très belle?

– Ce n'est pas le genre de beauté que j'admire, mais il faut reconnaître qu'elle est très sensuelle, avec ses yeux légèrement bridés et sa chevelure rousse.

Mariska l'écoutait avec stupéfaction. Pourquoi donc le général von Echardstein avait-il menacé Friedrich de faire venir cette femme à Marienbad s'il n'arrivait pas à mener à bien la mission que le kaiser lui avait confiée? Elle se rappelait ses paroles : « C'est une femme très séduisante, et elle a fait de l'excellent travail pour nous dans le passé. »

Tout à coup, elle comprit de quel genre de travail il s'agissait! D'une voix tremblante, et qui n'était plus qu'un murmure, elle demanda :

– Croyez-vous que la baronne soit... une espionne?

– Naturellement! Elle est mêlée à toutes les intrigues qui naissent derrière les portes closes des services secrets à Berlin! Elle a fait de tels ravages, parmi les jeunes diplomates en poste à Paris, que le président de la République a menacé de faire interdire l'accès du salon Kettler. Il y a eu un scandale. Toute l'affaire a été étouffée et personne n'a jamais su exactement ce qui s'était passé, mais la baronne était à l'origine de toute l'histoire.

Les pièces du puzzle s'ajustaient. Mariska commençait à comprendre...

Le baron von Echardstein et l'amiral von Senden étaient venus rendre visite à Friedrich à propos d'une affaire concernant le roi Edouard et lord Arkley. Ils savaient que Friedrich avait connu lord Arkley dans le passé et que ce dernier avait résidé au palais du Wilzenstein. Sur l'ordre du kaiser, ils avaient demandé à Friedrich de découvrir quelque secret d'Etat, et comme celui-ci n'avait pas réussi à le faire au cours du dîner auquel avait assisté lord Arkley, on avait pensé à elle pour le seconder.

Elle comprenait maintenant pourquoi son mari avait tellement insisté pour qu'elle lui répète les propos tenus par lord Arkley; et pourquoi on lui permettait de monter à nouveau en sa compagnie demain matin.

La jeune femme était scandalisée. Pourtant, elle aurait dû deviner dès le début qu'après avoir ignoré Friedrich pendant trois ans, le kaiser n'avait repris contact avec lui que pour une affaire d'importance. Effondrée, ne sachant plus où elle en était, Mariska se leva et alla à la fenêtre.

La duchesse, qui l'observait, remarqua gentiment :

– Il est toujours sage, Mariska, ma chère enfant, de regarder les choses en face, même si elles sont difficiles à admettre.

– Et quand elles vous bouleversent? Vous écœurent?

– Les Eszterházy ont toujours montré du courage...

– Il ne s'agit pas de courage, mais de savoir que faire... quand on se sent impuissant...

– Dans de telles circonstances, j'ai toujours suivi la voix de mon cœur.

Dans le silence qui suivit, Mariska pouvait presque entendre les battements de son propre cœur. Cependant, elle comprit peu à peu que la duchesse lui avait apporté la réponse qu'elle attendait.

Elle fit une brusque volte-face. Sa silhouette se découpait à contre-jour, dans l'embrasure de la fenêtre.

– Je dois rentrer. Friedrich se repose, mais il pourrait avoir besoin de moi, et vous savez qu'il n'aime pas que je vous rende visite.

– Avec ou sans bénédiction, j'espère que vous reviendrez me voir.

– Vous le savez bien. Je vous remercie pour tout.

– Vous n'avez pas à me remercier, ma chère enfant.

Après que Mariska fut sortie, sur un dernier sourire d'adieu, la duchesse resta assise un long moment, les yeux clos. Elle priait.

Etait-ce une intuition? Un don de seconde vue?

Toujours est-il qu'elle était convaincue, dans le fond de son cœur, que ses prières seraient exaucées...

Tout le reste de la soirée, Mariska se sentit ballottée sur un océan de contradictions qui la poussaient, tantôt dans une direction, tantôt dans une autre.

Sa première idée fut de mettre Friedrich au pied du mur, de lui faire savoir qu'elle avait découvert la vérité et qu'elle ne s'abaisserait jamais à être la dupe du kaiser ni de qui que ce soit. D'un autre côté, elle comprenait avec quelle énergie désespérée Friedrich souhaitait retrouver l'estime de l'empereur et la faveur dont il avait joui dans le passé.

« Même s'il réussit dans cette mission, songeait la jeune femme, il est peu probable qu'on se montre reconnaissant envers lui; et s'il s'avère qu'il ne peut plus servir à rien par la suite, on le laissera tomber comme on lâche une pierre brûlante. »

Les trois années qu'elle avait vécues en Allemagne lui avaient appris que le kaiser était impitoyable, que pour lui la politique passait avant les sentiments, et que tout son entourage immédiat lui ressemblait.

Aux yeux de Mariska, il était humiliant de voir un homme du rang de Friedrich utilisé de pareille façon par des généraux et des amiraux incapables de faire eux-mêmes la sale besogne. Mais elle ne comprenait toujours pas exactement quel rôle on voulait lui faire jouer. Car enfin, si le roi confiait vraiment à lord Arkley ses projets les plus secrets – ce qui restait à prouver –, il était évident que celui-ci ne les révélerait en aucune façon.

Croyait-on peut-être qu'elle allait se comporter comme la baronne von Kettler, qui, à en juger par les dires de la duchesse, devait être une espionne hors de pair. Mariska n'en revenait pas : les hommes étaient-ils idiots au point de se laisser arracher des secrets d'Etat qu'ils savaient absolument confidentiels?

Soudain, devinant la réponse, elle rougit...

La jeune femme, toujours chaperonnée par sa mère, était très peu avertie des choses de l'amour, et ignorait presque tout du comportement des hommes et des femmes dans ce domaine. Bien sûr, il lui était arrivé de rencontrer des jeunes gens avec qui elle avait ri et dansé, mais jamais elle n'avait entendu le moindre propos licencieux, ni même ces allusions galantes que les Français aiment glisser dans la conversation.

Il est vrai qu'elle avait été mariée avant d'avoir atteint dix-huit ans mais, bien qu'elle fût extrêmement intelligente, elle n'était pas du tout éveillée sur le plan sentimental.

Aussi incroyable que cela puisse paraître, elle n'avait jamais reçu un baiser passionné. Personne encore ne l'avait vraiment initiée à l'amour et, malgré ses nombreuses lectures, elle n'avait qu'une idée vague des rapports existant entre un homme et une femme.

Elle avait beau soupçonner de quelle façon la baronne soutirait des informations aux jeunes diplomates, elle n'en ignorait pas moins ce qui se passait exactement. D'ailleurs, le simple fait d'y penser la mettait mal à l'aise.

Quoi qu'il en soit, cela ne résolvait pas son problème : devait-elle oui ou non interroger Friedrich sur ses intentions, et lui déclarer sans ambages qu'elle n'avait pas l'intention de lui obéir?

Sa nervosité l'empêcha d'avaler la moindre bouchée pendant le dîner. Les nerfs à fleur de peau, elle compris qu'elle n'arriverait jamais à parler à son mari.

De plus en plus ivre, celui-ci ordonnait sans arrêt qu'on remplisse son verre. Ses joues étaient injectées de sang; sa bouche n'était plus qu'une lippe pâteuse. Il invectivait les domestiques et passait son temps à se plaindre de la nourriture.

Mariska lisait la haine dans le regard qu'il posait sur elle. Elle en avait l'habitude : cette soirée ne différait en rien de centaines d'autres soirées où ils avaient dîné en tête à tête. Mais, était-ce le contrecoup du choc qu'elle avait subi, était-ce le contraste avec l'indicible bonheur qu'elle avait connu au début de la matinée? Tout lui paraissait ce soir-là plus poignant.

Friedrich vida plusieurs verres de cognac qu'il se servit lui-même, estimant sans doute que les domestiques n'étaient pas suffisamment empressés.

– Vous sortez avec lord Arkley demain matin? fit-il.

– Oui... vous m'aviez dit...

– Bon, mais écoutez attentivement ce qu'il vous dira cette fois, et parlez-lui des sujets qui l'intéressent.

– Par exemple?

– De la France. Le roi Edouard est obsédé par ces foutus Français!

– Comment le savez-vous?

Sa question le rappela à la prudence. Il hésita un moment puis, ne se contrôlant plus, il hurla :

– Je suis capable de lire les journaux, non? Il est évident que le roi Edouard préfère la légèreté et la gaieté parisiennes au pur intellectualisme berlinois!

– Peut-être Sa Majesté se rend-elle à Paris pour y prendre des vacances?

– Bien plutôt pour s'insinuer dans les bonnes grâces de ces libertins de Français! Et ils savent s'y prendre pour plaire à cette vieille baderne.

Mariska ne répondit rien. De plus en plus furieux, le prince poursuivit :

– Ils ont fait des chansons sur lui. Il dîne avec des actrices et des « demi-mondaines »! Mais je vous garantis que d'ici peu les Français vont chanter *Vive Edouard!* sur un autre ton...

– Qu'entendez-vous par là?

Elle crut que son mari allait lui confier que l'Allemagne avait l'intention d'envahir la France. Mais, malgré les vapeurs d'alcool qui envahissaient son cerveau, le prince se retint in extremis.

– Que diable cherchez-vous à savoir en posant toutes ces questions? Contentez-vous de faire ce que je vous dis!

Mariska ne souffla mot. Elle se leva de table et retourna dans sa chambre, laissant son mari se remplir un autre verre.

Malgré la douceur de la nuit, elle avait la chair de poule. Elle avait l'impression que tout ce qui l'entourait était sombre et froid, et qu'elle n'arriverait plus à retrouver son chemin vers la lumière.

Elle songea un moment à se rendre chez la duchesse pour lui demander conseil. Mais elle estima que ce serait manquer totalement de loyauté envers son mari. La duchesse, après tout, était française.

Il n'y avait qu'une seule personne à qui elle pouvait se confier, une seule personne à qui elle devait tout dire...

Soudain, elle entendit du bruit dans la chambre de Friedrich : on était en train de le mettre au lit. Comme à son habitude, il maudissait Josef, mais sa voix était faible, et ses phrases se perdaient en d'incohérents murmures et autres borborygmes d'ivrogne.

Toutes les pièces de l'appartement donnaient sur la terrasse. Le salon était contigu à l'appartement de lord Arkley. Venait ensuite la chambre à coucher occupée par Mariska, qui communiquait avec une vaste pièce réservée à Friedrich. Et à l'extrémité de la suite, se trouvait le petit cabinet dans lequel couchait Josef.

Elle attendit que le calme revienne et consulta la pendule. Il était encore tôt, à peine 22 h 30. Lord Arkley dînait sans doute chez le roi ou dans une de ces somptueuses villas où l'on tenait table d'hôte soir après soir.

Il fallait espérer qu'il passerait par le jardin pour regagner l'hôtel. « Je vais aller m'installer sous le saule pleureur », se dit-elle.

Il faisait encore très chaud, mais elle sortit de sa commode un châle de velours soyeux qu'elle prit sous le bras, puis elle sortit par un escalier latéral. N'apercevant personne, elle se fraya un passage à travers les branches du saule, s'installa et se prépara à une longue attente.

Elle essaya de ne plus penser à ce qu'elle avait découvert, afin de pouvoir se glisser dans ce monde enchanté dont ils avaient parlé. Mais elle ne pouvait s'empêcher de regarder tour à tour le sentier qui serpentait entre les sapins et les fenêtres de la chambre de lord Arkley.

Deux bonnes heures s'écoulèrent. Mariska était profondément absorbée dans ses pensées, quand, tout à coup, elle sentit qu'il était là... Elle avait eu conscience de sa présence avant même qu'il n'écarte les branches pour se frayer un passage.

– J'avais l'intuition que je vous trouverais ici ce soir, fit-il d'une voix grave.

La jeune femme resta muette. Lord Arkley prit place à ses côtés.

– Qu'est-ce qui vous inquiète? demanda-t-il au bout d'un moment.

– Comment savez-vous que je suis inquiète?

– Je le sens. En fait, je l'ai senti avant même de venir. Je savais que vous aviez besoin de me voir.

Mariska écarquilla les yeux.

– C'est vrai... Je vous attendais...

– Que se passe-t-il? (Comme elle ne répondait pas à sa question, il reprit :) Donnez-moi votre main.

Elle la lui tendit et lord Arkley la serra dans les siennes. Leur chaleur la réconforta. Elle leva les yeux vers lui dans un appel désespéré, pathétique.

– Que s'est-il passé? demanda-t-il à nouveau.

– Je... je ne sais pas comment vous le raconter.

– Il n'y a rien que nous ne puissions nous dire, Mariska, insista-t-il pour la rassurer.

– Vous allez être choqué... horrifié...

Il sourit.

– C'est peu probable!

– Mais vous ne savez pas... ce que je vais vous dire.

– Et si vous me le disiez? Vous n'avez pas peur, tout de même?

– Si, j'ai peur.

– Il ne faut pas... pas avec moi.

– Je suis terrifiée à l'idée de ce que vous allez éprouver...

– Ce que j'éprouve pour vous, Mariska, je n'oserais pas l'exprimer à haute voix. (Voyant qu'elle se raidissait, il s'empressa d'ajouter très doucement :) Confiez-moi ce qui vous tourmente.

Il lui fallut faire un terrible effort pour amener

les mots sur ses lèvres. Enfin, par miracle, elle réussit à parler.

– On a demandé à Friedrich de... vous espionner!

– C'est tout?

– Et... il veut que je m'en charge, moi!

– Et c'est cela qui vous bouleverse?

– Naturellement! Comment pourrais-je jamais faire une chose pareille? Comment pourrais-je me conduire ainsi avec... qui que ce soit... à plus forte raison... avec vous?

– A plus forte raison avec moi? répéta-t-il lentement. Serais-je pour vous une exception?

La jeune femme détourna la tête. Il ne voyait plus que son profil.

– Suis-je une exception? insista-t-il.

Mariska plongea son regard droit dans le sien. Ses yeux étaient irradiés par la lumière qui filtrait à travers les arbres, et il pouvait y lire parfaitement sa douleur.

– Mon amour! s'exclama-t-il. Ne vous inquiétez pas. Tout ceci n'a aucune importance.

– Com... comment m'avez-vous appelée?

– Je vous ai appelée « mon amour », alors que je n'ai aucun droit de le faire. Mais c'est ce que vous représentez pour moi depuis l'instant où je vous ai rencontrée la première fois.

Mariska prit brusquement une expression radieuse. Lord Arkley poursuivit :

– J'ai compris tout de suite que vous étiez l'être le plus extraordinaire qu'il m'ait été donné de rencontrer. Non... vous étiez encore plus que cela. Votre cœur parlait au mien, votre âme à la mienne, et nous n'avions même pas besoin de parler.

– C'est aussi ce que je ressens, mais... je ne devrais pas le dire. C'est mal.

– Non. Aucun de nous deux n'a fait quoi que ce soit de répréhensible. L'amour est une force contre laquelle personne ne peut rien.

Ce mot la fit sursauter. Il lui serra la main plus fort.

– Oui, l'amour, Mariska! Je vous aime, même si je n'ai pas voulu me l'avouer tout de suite. Mais depuis notre promenade au bord du lac, je ne peux plus me le cacher.

– Nous ne devons pas... c'est impossible... s'écria Mariska, dont la voix s'éteignit. Je vous aime aussi! Je le pensais bien, mais... comme cela ne m'était jamais arrivé, je... je n'en étais pas certaine.

– Je n'ai jamais éprouvé un amour comme celui-ci...

Mariska ferma les yeux.

– Je n'arrive pas à y croire. Moi qui souhaitais mourir... Je n'aurais jamais cru qu'un pareil bonheur m'arriverait! Je vous en supplie, dites-moi que ce n'est pas mal... Quelque chose d'aussi beau... de tellement parfait... ne peut pas être un péché.

– Nous ne pouvons nous empêcher de nous aimer de tout notre cœur, de toute notre âme. Mais ce que nous devons envisager tous les deux, ce sont les conséquences de cet amour.

– Nous ne devons pas le... gâcher, répondit-elle, montrant ainsi qu'elle avait compris ce qu'il essayait de lui dire.

– Voilà bien la réponse que j'attendais de vous.

– Je vous aime de tout mon cœur, mais je ne pourrai jamais me conduire comme... la baronne von Kettler.

– Que savez-vous de la baronne von Kettler? demanda lord Arkley, très surpris.

– J'ai entendu le général von Echardstein menacer Friedrich de la faire venir à Marienbad. Aussi j'ai demandé à la duchesse qui était cette femme.

– Et elle vous l'a dit?

– Oui... elle me l'a dit. C'est là que j'ai compris ce que Friedrich attendait de moi.

Ses paroles étaient à peine audibles. Lord Arkley mesurait à quel point elle était choquée.

– Ecoutez, ma chérie, je comprends à présent pourquoi cela vous a tellement bouleversée mais, croyez-moi, il vous serait absolument impossible de ressembler à la baronne.

– Vous la connaissez?

– J'ai beaucoup entendu parler d'elle et je l'ai rencontrée, par hasard, à plusieurs reprises.

– Mais... vous ne lui avez rien dit?

– Dieu merci, j'ai trop d'expérience pour être la victime des services secrets allemands. D'ailleurs, pour vous mettre à l'aise, sachez que j'avais parfaitement conscience, quand je suis allé dîner chez vous, des raisons pour lesquelles on m'avait si généreusement invité.

– Vous... saviez? Mais comment?

– Pour ne rien vous cacher, j'avais aperçu von Echardstein et von Senden au moment où ils se rendaient chez votre mari, et j'avais trouvé cela bizarre. En outre, les sympathies pro-germaniques du baron Karlov sont bien connues.

– Vous le saviez et vous avez accepté malgré tout... de me rencontrer?

– Croyez-vous que je vous aie soupçonnée un seul instant d'être volontairement impliquée dans cette affaire? (Pour répondre à sa question muette, il lui expliqua avec un léger sourire :) Ma mission en Allemagne n'avait rien à voir avec l'espionnage. j'étais chargé de sonder l'opinion publique. Ne devaient figurer dans mon rapport que les impressions recueillies à la suite d'entretiens banals, de contacts quotidiens. Rien d'autre! Rien n'était moins mystérieux que cela, quoi qu'aient pu déduire de mes déplacements les services secrets allemands!

– J'en suis heureuse... si heureuse!

– Et je vous assure que je n'écoute pas aux portes, que je ne lis le courrier privé de personne, et que je n'essaie pas de tirer les vers du nez à des ivrognes... ni à des femmes! (Mais comme la jeune femme tremblait, craignant d'avoir été trop virulent, il s'empressa d'ajouter :) Je vous prie de me pardonner. Je n'aurais pas dû parler ainsi. Oubliez tout ce que j'ai dit et qui a pu vous choquer.

– Ce n'est pas ça... Mais je pense que nous ne pourrons pas nous voir demain.

– Pourquoi?

– Parce que Friedrich me ferait subir ensuite un interrogatoire.

– Quelle importance? A moins que vous ne craigniez qu'il ne soit furieux contre vous.

– Il le sera de toute façon, comme il l'a été aujourd'hui parce que je n'avais rien d'intéressant à lui rapporter. Je lui ai seulement dit que, selon vous, le roi Edouard était la seule personne capable de préserver la paix en Europe... (Mariska s'interrompit, interdite. Elle venait de comprendre. Balbutiante, elle reprit :) Vous m'aviez dit cela... pour que je le lui répète, n'est-ce pas?

– J'y ai pensé, en effet...

– C'est... monstrueux! Humiliant! Comment pourrons-nous parler librement, désormais, si je sais que Friedrich, le général von Echardstein, l'amiral von Senden et le kaiser sont là à guetter mon retour? J'ai l'impression qu'ils nous épient!

– Oubliez-les! Oubliez tout, mon amour, excepté

que je vous aime ! Je vous promets de ne jamais rien faire qui puisse vous donner l'impression que vous êtes coupable.

– Mais peut-être suis-je coupable... de vous aimer ?

– Contre l'amour, ni vous ni moi ne pouvons rien.

– C'est vrai, je n'y peux rien, murmura Mariska. Votre image emplit toute ma vie, tout mon être... Rien d'autre n'a d'importance. Il n'y a que vous !

– C'est exactement ce que je ressens, moi aussi.

– Mais je suis mariée... J'ai juré d'être la femme de Friedrich... pour le meilleur et pour le pire.

– C'est cruel ! Odieux ! s'écria lord Arkley avec violence.

– Mais nous ne pouvons rien faire... sinon essayer de nous oublier l'un l'autre.

– Non ! Rien ne nous y oblige ! Vous êtes la femme de Friedrich, c'est vrai, mais j'ai le droit de vous aimer. Je ne vous demande pas de lui être infidèle. J'espère seulement vous apporter, grâce à mon amour, quelque chose qui vous manquait auparavant.

– Cet amour me comble. J'ai vécu jusqu'à présent dans une telle solitude... Maintenant, je n'ai plus du tout envie de mourir ! Même s'il ne m'était plus possible de vous voir, je saurais que vous êtes là, quelque part, sur la terre...

– Il se peut que nous soyons un jour séparés, mais le moment n'est pas encore venu. Aussi longtemps que le roi prolongera son séjour à Marienbad, je trouverai un prétexte pour y séjourner moi aussi.

– Et nous pourrons nous rencontrer ?

– Pourquoi pas ? A présent, pour le peu de temps qu'il nous reste, ne pensons plus qu'à nous deux !

Mariska songea un instant à la fureur de Friedrich quand il constaterait qu'elle était incapable de lui fournir le moindre renseignement intéressant. Mais elle écarta vite cette idée et c'est avec un visage radieux qu'elle avoua :

– Je veux pouvoir parler avec vous... entendre votre voix... Et peut-être pourrons-nous nous évader encore dans ce monde merveilleux que nous évoquions ce matin...

– C'est ce que nous allons faire. Et je vous promets, mon trésor, que je me conduirai de façon à ne jamais vous choquer ou vous blesser.

– J'ai une confiance absolue en vous. Notre amour me paraît quelque chose de tellement sacré... que je ne pourrais pas supporter qu'il ressemble...

Sa voix s'éteignit. Lord Arkley comprit qu'elle allait dire : « ... aux autres amours – que vous avez connues. »

Il lui baisa la main en laissant s'attarder ses lèvres sur sa peau satinée. Il la rassura :

– Nous sommes différents, notre amour est différent... Mais je suis sûr que nous ne manquerons jamais à nos engagements.

Leurs yeux se rencontrèrent. Mariska eut l'impression qu'il la tenait dans ses bras, qu'il posait ses lèvres sur les siennes...

Ils restèrent longtemps ainsi, immobiles.

– Je dois rentrer, dit enfin Mariska, avec un soupir.

– Je vous laisse partir, répondit-il, parce que je ne m'opposerai jamais à vos décisions. Mais, pas une seconde, je ne cesserai de penser à vous, de souhaiter votre présence. Il me sera très difficile d'attendre jusqu'à 7 heures demain matin.

– Vous êtes sûr que je dois venir?

– Tout à fait certain! Pourquoi nous priverions-nous de ce bonheur?

– Ce sera merveilleux de chevaucher avec vous... de retrouver notre lac enchanté...

– Alors, oubliez tout le reste. Oubliez tout ce qui est laid, ne conservez dans votre mémoire que la beauté de l'eau, celle de la brume, et pensez à tout ce que nous nous sommes dit.

– Quand je suis arrivée ici, j'étais convaincue qu'après vous avoir tout raconté, vous n'accepteriez plus de me revoir...

– Quelle idée! Aucun « crime » commis par vous ne pourrait m'ébranler. Notre amour est plus grand, plus fort que les actes. Il est le reflet de nos âmes.

– Comment se fait-il que vous compreniez tout si bien?

– Parce que je vous aime, tout simplement.

Sans lui lâcher la main, elle se leva. C'est lui, alors qu'ils restaient là, immobiles, à se regarder, qui eut le premier le courage de retirer la sienne.

– Bonne nuit, ma chérie. Que Dieu soit avec vous!

Par prudence, il ne rentrerait pas à l'hôtel en même temps qu'elle. Mais elle n'arrivait pas à faire le premier pas, et elle resta encore un long moment à le regarder.

Elle se décida enfin et tourna les talons. A travers les branches du saule pleureur, il la suivit des yeux jusqu'à ce qu'elle ait traversé le jardin.

6

– C'est tellement beau! soupira Mariska en admirant les rives du lac.

– Vous aussi, vous êtes belle! répondit lord Arkley.

Comme elle tournait la tête pour le regarder, il pensa : « On dirait que ses yeux retiennent le soleil prisonnier dans leurs prunelles. »

– Je veux vous croire, fit-elle, je veux que vous me trouviez belle... J'ai l'impression de vivre un rêve.

– En ce cas, continuez de rêver, ma chérie. Bien que votre beauté soit bien réelle, elle fait aussi partie de mes rêves...

Elle sourit de bonheur. Il n'avait jamais connu de femme aussi sensible à la moindre de ses paroles, ou ayant, malgré son charme, aussi modeste opinion d'elle-même.

Ils étaient seuls tous les deux, dans un monde qui n'appartenait qu'à eux.

– Croyez-vous que nous pourrons revenir demain? demanda Mariska.

– Je l'espère. Le roi a l'intention de rester à Marienbad encore au moins une semaine.

Mariska retint son souffle. Elle avait tant redouté que cette matinée ne fût la dernière!

Comme si une trop grande pudeur l'y contraignait, elle détourna les yeux et contempla la nappe de brume qui flottait sur l'autre rive. Puis, elle déclara d'une voix très douce :

– Je chérirai chacun des instants passés en votre compagnie, chaque minute, chaque seconde... Ainsi, quand vous serez parti, je pourrai m'imaginer que vous êtes toujours là...

– Je préfère ne pas en parler maintenant. Mais quand il me faudra vous quitter, ce sera comme si on m'arrachait le cœur de la poitrine.

– Moi de même... Mais c'est une telle chance de vous avoir rencontré... d'avoir eu le privilège de vous aimer...

– Quand vous me parlez ainsi, j'ai envie de vous enlever dans mes bras et de vous emporter dans un îlot perdu du Pacifique, ou dans un coin de l'Himalaya, là où personne, jamais, ne pourrait nous retrouver!

– Que pourrais-je rêver de plus magnifique? répondit-elle dans un murmure.

– Pour la première fois de ma vie, ma conduite avec une femme est irréprochable. Mais sachez bien que ce que je désire plus que tout au monde, c'est vous serrer contre moi et vous embrasser.

Cette déclaration passionnée la fit rougir jusqu'aux oreilles. D'une voix presque inaudible, elle répondit :

– On ne m'a jamais... embrassée!

– Vous n'avez jamais été embrassée? s'écria lord Arkley, incrédule. Comment est-ce possible?

– Quand Friedrich a demandé ma main à mon père, je croyais qu'il était amoureux de moi...

– C'est ce que je pensais également. Sinon, pourquoi aurait-il épousé une femme qui n'était pas de sang royal? Racontez-moi ce qui s'est passé. J'ai besoin de savoir.

Il crut d'abord qu'elle allait refuser par loyauté

envers son époux. Mais elle finit par répondre d'une voix hésitante :

– Friedrich était venu chez mon cousin, le prince Miklós, à l'occasion d'une chasse à la perdrix et, pour le divertir, nous avions tous été invités au château de Fertöd.

Lord Arkley avait déjà séjourné dans cet immense palais construit à la fin du dix-huitième siècle par l'architecte autrichien Fefele. Cette vaste demeure baroque était inoubliable, avec ses trois étages, sa cour d'honneur en forme de fer à cheval, son petit opéra, son théâtre de marionnettes et son immense salon de musique sur lequel avait régné, jusqu'en 1790, Joseph Haydn en personne.

– Comme vous le savez, poursuivit Mariska, le prince Miklós a un sens très développé de l'hospitalité. Dîners et bals se succédaient. Je crois que Friedrich a été très impressionné. (Elle observa une courte pause avant de continuer :) Mes cousines rivalisaient entre elles pour attirer son attention. Il dansa plusieurs fois avec moi, nous faisions ensemble de longues chevauchées... Bien sûr, comme toutes les autres femmes, je le trouvais... infiniment séduisant.

Lord Arkley était obligé de reconnaître que le prince Friedrich avait été non seulement très bel homme, mais également charmant quand il voulait bien se donner la peine d'oublier sa morgue.

– Friedrich retourna en Allemagne, poursuivit Mariska. C'est seulement après notre mariage que j'ai su pourquoi il était revenu ensuite dans mon pays.

– Pourquoi?

– En arrivant au Wilzenstein, il apprit que le kaiser voulait lui faire épouser la grande-duchesse de Milderstalt. (Devant l'air perplexe de lord Arkley,

Mariska s'empressa d'expliquer :) Elle était veuve et avait deux fois l'âge de Friedrich.

– Vous ne parlez quand même pas de la grande-duchesse actuelle! s'exclama lord Arkley. Elle a beaucoup plus de quarante ans, et c'est l'une des femmes les plus laides d'Europe!

– C'était aussi l'avis de Friedrich. Mais Milderstalt se trouve aux frontières de la Pologne, et l'empereur redoutait que le pays n'échappe à l'influence allemande si la grande-duchesse en venait à épouser un Polonais ou un Russe.

– A présent je comprends...

– Plus tard, Friedrich m'a avoué qu'il connaissait très peu de jeunes filles. Il a pensé aussitôt à moi. Il n'a même pas pris le temps de défaire ses malles et il a repris le chemin de la Hongrie!

– Et vous avez pensé qu'il était amoureux de vous?

– Naturellement! J'étais complètement idiote... et très romantique. De toute façon, je ne crois pas qu'on m'aurait permis de l'éconduire. Les Eszterházy, qui avaient eu le loisir de l'apprécier pendant son séjour, étaient flattés à l'idée de me voir devenir grande-duchesse.

– Mais... Vous m'avez dit que Friedrich ne vous a jamais embrassée?

– Il a demandé officiellement ma main à mon père, m'a offert une bague de fiançailles, qui faisait partie des joyaux de la couronne du Wilzenstein, m'a baisé la main... et il est reparti pour son pays!

– Comment est-ce possible?

– Beaucoup plus tard... après l'attentat... il m'a avoué qu'il n'avait jamais été attiré par moi. Je n'étais pas « son genre », comme il me l'a expliqué.

– J'imagine en effet quel « genre » doit être le sien! commenta lord Arkley d'un ton sarcastique.

– L'année dernière, un jour où il se sentait suffisamment bien pour aller au théâtre, il m'a montré, dans la salle, une de ses anciennes maîtresses, une femme très grande, une espèce de Junon... époustouflante – ce doit être le mot qui convient.

Lord Arkley put lire dans ses yeux à quel point cette conduite l'avait humiliée. Et il comprit pourquoi Mariska était si peu consciente de ses charmes : elle vivait depuis trois ans avec un homme qui la haïssait et était insensible à sa beauté, toute en délicatesse.

– Friedrich a insisté pour que le mariage ait lieu au Wilzenstein. Il savait que cela ferait plaisir à son peuple. Par ailleurs, une fois la nouvelle rendue publique dans la capitale de son propre pays, l'empereur ne pouvait plus l'obliger à épouser, par devoir, la grande-duchesse.

Lord Arkley comprenait très bien maintenant comment tout cela s'était passé. De la part du prince Friedrich, la manœuvre avait été ingénieuse.

– Nous sommes arrivés au Wilzenstein avec mon père et ma mère, la veille du mariage. Friedrich est venu nous rendre visite, mais je ne me suis jamais trouvée seule avec lui. Il m'a fait un cadeau de mariage, mais, à la vérité, j'étais très déçue qu'il ne prenne même pas la peine... d'essayer de m'embrasser. Le lendemain, comme je me rendais à la cathédrale en compagnie de mon père, j'ai pensé que Friedrich, dans son uniforme blanc constellé de médailles, ressemblait au prince charmant des contes de fées. Il était superbe! La cérémonie se déroula pour moi comme dans un rêve. Puis nous avons quitté la cathédrale... Vous connaissez la suite.

La bombe de l'anarchiste, pensa lord Arkley, avait non seulement détruit le marié, mais aussi l'avenir de sa jeune épouse.

– Je m'efforce de n'en parler à personne, reprit-elle. Je suis désolée de ce qui est arrivé à Friedrich mais... comme je vous l'ai dit, il me hait parce que je suis sortie indemne de l'attentat.

– D'une certaine façon, je le comprends. Mais comment peut-on désirer faire du mal à un être aussi exquis, aussi parfait que vous?

– J'ai voulu mourir. J'implorais le Ciel de mettre un terme à ma vie... sachant pourtant que ce vœu était impie.

– N'y pensez plus! Rappelez-vous que nous nous appartenons maintenant l'un à l'autre. Peut-être Dieu se montrera-t-il bon envers nous et nous réunira-t-il un jour.

Une lueur d'espoir s'alluma dans les yeux de Mariska.

– Croyez-vous vraiment, au fond de vous-même, que cela soit possible?

– Tout est possible! Et je ne cesserai de prier, ma chérie, pour qu'il me soit possible, non seulement de vous embrasser, mais aussi de vous avoir toute à moi.

– C'est mon plus cher désir, à moi aussi... murmura Mariska.

– Le lien qui nous unit est tellement étrange! Je suis persuadé que nous avons dû être liés... dans une vie antérieure dont nous avons perdu le souvenir.

– Et que, dans le futur, nous serons de nouveau réunis?

– J'ai toujours pensé que Dieu était miséricordieux et que l'amour était plus fort que la haine!

– En ce cas, je vous retrouverai où que vous soyez. Et, s'il vous plaît, n'oubliez jamais de m'aimer.

– Croyez-vous que cela me serait possible? (Et au prix d'un effort visible, lord Arkley ajouta :) Il est temps de rentrer, mon amour.

– Oui... bien sûr... Mais que vais-je dire à Friedrich quand il me questionnera? demanda-t-elle, soudain prise de panique.

– Je vais essayer de trouver quelque chose de vraisemblable en route.

Et, comme il l'aidait à se remettre en selle, Mariska aperçut une lueur nouvelle dans ses yeux. Elle prit brusquement conscience que lord Arkley était un homme – un homme qui désirait en elle la femme – et son cœur se mit à battre, sa respiration s'accéléra...

Ils s'enfoncèrent bientôt dans l'ombre des pins.

– Vous direz au prince Friedrich que les Anglais s'inquiètent du grand nombre de vaisseaux de guerre que le kaiser a l'intention de faire construire, déclara lord Arkley. (Comme Mariska ne répondait pas, il ajouta vivement :) Je sais, ma chérie. Vous trouvez avilissant d'avoir à lui faire un rapport, mais je ne voudrais pas qu'il soit furieux contre vous. Il pourrait mettre un terme à nos promenades.

– Oui... oui, bien sûr! se récria-t-elle aussitôt. C'est simplement...

Sa voix s'éteignit. Lord Arkley acheva pour elle :

– ... que vous êtes trop délicate et trop honnête pour accepter d'être mêlée à toutes ces intrigues, avec leur cortège de mensonges et de duperies. (Il poussa un profond soupir :) Si seulement je pouvais vous emmener loin de tout cela! Si seulement nous étions en Angleterre!

– Peu importerait l'endroit... si j'étais avec vous.

– Je sais, mais je voudrais vous avoir chez moi, dans un cadre qui vous convient et qui serait votre foyer.

Il savait ce que ce mot représentait pour elle. Avec la conscience qu'ils demandaient là l'impossible, ils terminèrent le trajet en silence.

Friedrich était en train de prendre son petit déjeuner quand Mariska arriva. Josef posa une tasse de café devant elle et se retira. Aussitôt, le prince demanda :

– Qu'avez-vous à me raconter?

– Lord Arkley n'a pas parlé de la France, répondit-elle sans mentir, mais il m'a dit que les Anglais sont inquiets du grand nombre de vaisseaux de guerre que l'empereur fait construire.

– Ce sont eux qui ont commencé! lança Friedrich, furieux. Leur marine est plus importante que la nôtre, et leur pays étant plus petit, pourquoi ont-ils la prétention de dominer les mers?

Mariska ne répondit pas. Il poursuivit :

– La prochaine fois que vous le verrez, demandez-lui donc pour quelle raison l'Allemagne devrait se confiner à l'Europe, sans développer sa marine. Le peuple allemand a droit à un espace vital, et si nous ne pouvons pas l'obtenir pacifiquement, eh bien! à l'exemple de l'Angleterre, nous nous en emparerons! cria-t-il.

Mariska s'empressa de répliquer :

– J'ai bien peur de ne rien comprendre à la politique, Friedrich. Si vous permettez, je vais aller me changer, pour vous accompagner sur la *Kreuzbrunnen.*

– Est-ce bien tout ce que vous avez à me raconter? Dieu sait que vous avez été absente assez longtemps pour en apprendre davantage!

Mariska ne répondit pas et se retira toute tremblante dans sa chambre.

« Comment supporter cela? » se demandait-elle.

Mais le moment était mal choisi pour se poser des questions. Il ne fallait pas faire attendre Friedrich.

Pendant qu'elle s'habillait, la femme de chambre ne cessa de grommeler à propos du mauvais service de l'hôtel. Mariska ne l'écoutait pas. Elle s'efforçait de ressusciter le bonheur qu'elle avait connu en compagnie de lord Arkley, au bord du lac enchanté.

« Je ne vais penser qu'à lui! » décida-t-elle. Et l'angoisse que Friedrich ne manquait jamais de faire naître en elle commença à se dissiper.

– Je l'aime! Je l'aime! murmura-t-elle.

Elle essaya de tout oublier, hormis son visage, sa voix, et ces instants où ils s'étaient sentis si proches l'un de l'autre, quand il l'avait aidée à se mettre en selle.

« Peut-être est-ce blâmable de l'aimer à ce point? » pensa-t-elle plus tard, sur la *Kreuzbrunnen,* alors qu'elle marchait derrière le fauteuil roulant de Friedrich.

Mais, comme disait lord Arkley, contre l'amour, on ne peut rien.

Dans la foule qui déambulait près de la colonnade, Mariska le cherchait des yeux, lui et seulement lui. Tous les autres lui paraissaient n'avoir pas de visage.

La journée traîna en longueur : Friedrich se rendit chez son médecin, et suivit son traitement pendant que Mariska l'attendait, comme d'habitude. Ensuite, toujours accompagnés de leurs gardes du corps, ils regagnèrent l'hôtel *Weimar* pour le déjeuner.

A leur arrivée à Marienbad, Mariska avait suggéré à son mari d'aller déjeuner à l'occasion dans les restaurants locaux, voire même dans celui, situé en pleine forêt, où les deux rois avaient fait ce repas mirifique. Mais Friedrich était particulièrement regardant, même pour des riens, et, comme les repas étaient compris dans le prix de leur suite, ils rentraient toujours au *Weimar*.

Si encore ils avaient pu manger dans le restaurant même de l'hôtel! Là, au moins, Friedrich n'aurait pu se permettre de crier et de l'injurier. Mais il se considérait comme un personnage trop important pour dîner en public et il préférait tyranniser les serveurs qui leur apportaient les plats dans leur salon privé.

Comme d'habitude, il neutralisa l'effet bénéfique qu'aurait pu lui apporter l'eau de la cure en vidant, au cours du repas, une bouteille entière de vin. Ce qui lui donna, Dieu merci, envie de dormir et octroya une heure de liberté à Mariska.

La duchesse étant absente ce jour-là, la jeune femme alla sur la terrasse admirer la vallée et penser encore au bonheur qu'elle avait éprouvé à chevaucher au milieu des pins en compagnie de lord Arkley.

Elle ne vivait que dans l'attente du lendemain. Il n'aurait guère été raisonnable d'aller retrouver chaque soir lord Arkley dans le jardin. D'abord, quelqu'un pouvait les voir. Ensuite, malgré son innocence, elle sentait bien qu'il serait presque impossible à leur amour de demeurer pur et platonique s'ils se trouvaient trop souvent côte à côte à l'ombre du saule pleureur.

Bien sûr, elle mourait d'envie qu'il la prenne dans ses bras et l'embrasse. Et elle qui vibrait à l'unisson avec lui, était consciente de l'effort qu'il faisait pour rester maître de lui.

« Accepter qu'il me touche, serait non seulement déloyal vis-à-vis de Friedrich... mais également un péché », se dit-elle.

Et pourtant, tout son être réclamait lord Arkley, comme lui-même la désirait, avec une ardeur que ses yeux et sa voix trahissaient.

– Je ne dois pas... l'induire en tentation, murmura-t-elle, tout en songeant au bonheur qu'elle éprouverait à le faire.

Il faisait si chaud que Mariska rentra dans sa chambre et s'installa dans un fauteuil, près de la fenêtre ouverte. Mais, épuisée par la chaleur et les émotions, elle s'endormit.

Les cris de Friedrich, qui lui parvenaient de la pièce voisine, la réveillèrent en sursaut. Sa voix avait le don de lui mettre les nerfs à vif. Elle sauta sur ses pieds avant d'avoir compris que le prince était tout simplement en train d'appeler Josef, avec son agressivité habituelle.

Le prince devait suivre un autre traitement au cours de l'après-midi, et ils partirent pour la clinique où il devait se livrer à une gymnastique spéciale, soi-disant destinée à renforcer la musculature de son dos et de ses jambes.

En quittant l'hôtel, Mariska aperçut la duchesse qui rentrait, très élégante, tenant une petite ombrelle bordée de dentelles au-dessus de sa tête. Elle était accompagnée d'un homme sensiblement du même âge qu'elle.

– C'est la duchesse de Vallière, qui demeure juste

en face de chez nous, annonça Mariska à voix basse au prince Friedrich.

– J'ai des yeux pour voir! rétorqua celui-ci violemment. Je déteste cette femme et il ne me plaît pas du tout que vous fréquentiez des Français.

– Mais je la connais depuis mon enfance! Je vous en prie, Friedrich, soyez aimable avec elle.

Mais l'expression de son mari lui fit comprendre qu'il était décidé à se montrer désagréable.

– Mariska! Quel plaisir de vous voir! s'exclama la duchesse. Et vous, prince Friedrich, j'espère que vous vous sentez mieux, et que votre séjour à Marienbad vous fait du bien!

– Si je veux qu'il me soit salutaire, répliqua le prince, j'ai tout intérêt à ne pas perdre mon temps en conversations frivoles!

De la main, il fit signe à Josef de poursuivre son chemin et passa devant la duchesse sans même prendre la peine d'ôter son chapeau.

Mariska regarda la duchesse avec des yeux implorants.

– Je suis désolée, murmura-t-elle.

– C'est sans importance, mon enfant. Je comprends. Venez me voir dès que vous le pourrez, ajouta-t-elle à voix basse.

Mariska lui adressa un sourire; puis, s'apercevant que Friedrich était déjà assez loin, elle s'empressa de le rejoindre.

– Cet homme est odieux! s'écria le compagnon de la duchesse. S'il n'était pas infirme, je lui donnerais une bonne leçon!

– Pouvez-vous imaginer ce que cela représente pour ma pauvre petite Mariska, de vivre avec un pareil butor? remarqua la duchesse d'une voix qui tremblait légèrement.

– Nous pouvons seulement espérer que le prince

ne vivra pas longtemps! répondit son compagnon en posant la main sur son bras d'un geste apaisant.

– C'est peut-être monstrueux de ma part, approuva la duchesse, mais je prie tous les jours pour qu'il en soit ainsi.

Mariska rejoignit le prince Friedrich et, désespérée, s'abstint de tout commentaire. Il paraissait résolu à la brouiller avec tous les gens qu'elle connaissait et pour qui elle avait de l'affection. La duchesse lui pardonnerait cette grossièreté, mais qui d'autre tolérerait pareille conduite? En tout cas, quoi que puisse en penser Friedrich, elle irait présenter des excuses à la duchesse.

L'occasion s'en présenta après le thé, quand son mari se plongea dans la lecture des journaux, dont certains lui étaient adressés quotidiennement d'Allemagne par la poste.

Sans s'embarrasser d'aucune explication, elle descendit chez la duchesse.

En la voyant arriver, celle-ci tendit les mains. Mariska se précipita vers elle et s'agenouilla près de son fauteuil.

– Je suis désolée, madame, absolument désolée! La grossièreté de Friedrich est intolérable. Mais il se conduit comme ça à dessein, parce que vous êtes mon amie et que je vous aime!

– Je le comprends très bien, mon enfant, et vous n'avez pas à vous excuser pour lui. (Puis, apercevant des larmes dans les yeux de Mariska, elle poursuivit avec un sourire :) Passons à un sujet plus agréable. Avez-vous apprécié votre promenade à cheval, ce matin?

– C'était plus merveilleux que je ne saurais le dire. Je ne vis que pour cette heure, où je peux m'échapper et oublier.

Elle regretta aussitôt de s'être exprimée avec autant d'indécence, mais la duchesse l'entoura de ses bras et la serra contre elle.

– Oubliez tout le reste, mais soyez sur vos gardes! Je ne tiens pas à ce que vous deveniez un sujet de commérages. Ici, les langues sont cruelles et vont bon train.

– Vous voulez dire... que l'on jaserait parce que je fais du cheval avec lord Arkley?

– Heureusement, peu de gens sont au courant. Mais Ian Arkley est un homme très séduisant et les femmes craignent les rivales.

Mariska poussa un petit soupir, se redressa et alla s'asseoir dans un fauteuil, l'air soucieux.

– Je ne voudrais pas lui causer le moindre tort...

– Il ne risque rien. Ce n'est pas à lui que je pense, c'est à vous, ma chère enfant. Vous savez aussi bien que moi que les Allemands voient le mal partout et qu'ils interprètent toujours l'amitié entre un homme et une femme de la pire façon.

– Je ne peux pas refuser... de faire du cheval avec lui, murmura Mariska.

– Non, bien sûr que non! Mais je tenais à vous en avertir, dans votre propre intérêt.

Mariska décida soudain qu'aucune personne au monde, si malveillante ou jalouse soit-elle, ne la priverait de la compagnie de lord Arkley pendant les quelques jours qu'il leur restait.

Pour détourner la conversation, elle interrogea la duchesse sur son déjeuner et sur les gens qu'elle y avait rencontrés. Comme la vieille dame adorait bavarder et qu'elle avait toujours quelque chose de spirituel à raconter, elles se retrouvèrent bientôt, toutes les deux, en train de rire aux éclats.

– Il faut que je me sauve, déclara Mariska à

regret. Friedrich serait furieux s'il apprenait que je suis chez vous. Mais je tenais à vous présenter des excuses.

– Ce n'était vraiment pas la peine, mon enfant. En tout cas, profitez bien de votre promenade, demain matin.

Quand elle fut de nouveau seule, la duchesse, inquiète et préoccupée, resta un long moment à réfléchir. Elle se rendait parfaitement compte que cette petite fille sans expérience – c'est ainsi qu'elle se la représentait – était tombée amoureuse, complètement et sans réserve, d'un homme aussi séduisant que raffiné. Que valait-il mieux pour elle : qu'elle ait le cœur brisé par cette passion sans espoir, ou qu'elle ne connaisse jamais l'amour?

La duchesse ignorait la réponse à cette question. Elle espérait seulement que lord Arkley comprendrait à quel point Mariska était unique, et différente à tous points de vue des femmes qui l'avaient aimé jusqu'à ce jour.

A son retour, Mariska aperçut un chapeau de Hombourg à bord relevé et une canne sur une banquette du vestibule. Qui pouvait bien rendre visite à son mari? L'amiral von Senden, sans doute. S'il séjournait à Marienbad pour y suivre une cure, pourquoi se promenait-il en uniforme?

Elle caressa un moment l'espoir qu'il s'agissait d'une simple visite de politesse. Mais à quoi bon se mentir à elle-même? Elle savait pertinemment que l'amiral était venu recueillir les informations qu'elle était censée avoir soutirées à lord Arkley.

Cette idée la mit dans une telle fureur qu'elle faillit faire irruption dans le salon, et leur dire en face, à cet homme et à Friedrich, ce qu'elle pensait de leur entreprise d'espionnage. Malheureusement, elle risquait non seulement de mettre son époux hors de lui, mais encore d'être privée à jamais de la compagnie de lord Arkley.

Toute cette histoire lui communiquait un horrible sentiment de malaise. Elle rentra dans sa chambre, bien décidée à ne pas rencontrer l'amiral. On lui prépara un bain et, tout en se délassant dans l'eau chaude et parfumée, Mariska pensa au lac et à ses brumes.

Perdue dans sa rêverie, elle enfila, sans même la regarder, la robe que sa femme de chambre lui avait choisie, et après un vague coup d'œil dans la glace, elle se rendit au salon.

Friedrich étant encore dans sa chambre, Mariska s'approcha de la fenêtre. Il faisait moins chaud, mais l'atmosphère restait lourde et laissait présager un orage.

Elle entendit un orchestre au loin. C'était l'heure où, à Marienbad, les touristes sont assis le long de la colonnade, à boire du jus de pamplemousse frais ou de délicieux petits vins de Bohême.

Elle eut brusquement une folle envie de se trouver parmi eux, libre, amoureuse, confiante dans l'avenir – de danser, de se promener sous les arbres, en compagnie d'un charmant cavalier.

Sa rêverie prit brusquement fin quand la porte du salon s'ouvrit. Le prince Friedrich entrait, poussé par Josef.

Un seul regard suffit à Mariska pour comprendre que son mari était de fort mauvaise humeur. La frayeur qu'elle ressentait d'habitude envahit de nouveau tout son être.

– Il fait très chaud ce soir, remarqua-t-elle.

La remarque était stupide, mais elle n'avait rien trouvé d'autre à dire.

Friedrich ne répondit rien et ne la regarda même pas.

Mariska s'installa à sa place et on apporta le dîner, dont elle avait composé le menu.

– J'espère que vous apprécierez le premier plat. Il m'a été tout spécialement recommandé par le maître d'hôtel, dit-elle, pour rompre un silence qui devenait gênant.

Comme Friedrich ne répondait toujours pas, elle comprit que les choses allaient très mal. Elle avait l'habitude de ses colères, de ses invectives. Mais le silence! Voilà qui était nouveau et, d'une certaine façon, plus menaçant encore.

« L'amiral lui a sans doute apporté des nouvelles qui l'ont contrarié », se dit-elle. Mais, tant que les serveurs seraient présents, elle ne pourrait lui demander ce qui s'était passé.

Ils mangèrent sans échanger une parole ni un regard. Le dîner lui parut interminable. Friedrich avait coutume d'arroser chaque bouchée d'une gorgée de vin. Ce soir, au contraire, il mastiquait lentement, comme s'il réfléchissait. Mariska eut même l'impression qu'il consommait moins d'alcool qu'à l'ordinaire.

En vérité elle était tellement effrayée qu'elle n'était sûre de rien. Elle n'arrivait même plus à manger et refusa les deux derniers plats.

A la fin, les serveurs apportèrent le café et se retirèrent après avoir posé sur la table une carafe de cognac et une autre de porto. Dès que Josef fut sorti, Mariska murmura :

– Qu'y a-t-il, Friedrich? Cela ne vous ressemble pas de rester silencieux.

Au lieu de répondre, celui-ci examina son verre de porto, comme s'il pouvait y trouver la solution aux questions qu'il se posait.

Mariska attendit, nerveuse. Elle ne se rappelait pas l'avoir jamais vu dans cet état. N'y tenant plus, elle se leva.

– Bonne nuit, Friedrich.

Elle attendit encore un moment puis, voyant qu'il n'ouvrait toujours pas la bouche, elle se dirigea vers la porte, convaincue qu'il la rappellerait, comme il l'avait fait tant de fois dans le passé. Mais il ne broncha pas et la laissa regagner sa chambre.

Il n'était pas encore 10 heures. Elle s'approcha de la fenêtre.

Irait-elle dans le jardin? Non, ce serait une grave erreur. Mais elle avait une envie folle, irrésistible de voir lord Arkley, de lui dire qu'elle avait peur, qu'elle avait besoin de lui...

Si elle le trouvait en train de l'attendre sous le saule, elle se jetterait dans ses bras, elle en était sûre. Aussi, pour ne pas s'exposer à l'irréparable, commença-t-elle à se déshabiller. Elle était déjà couchée quand elle sonna sa femme de chambre.

Helga arriva aussitôt.

– Votre Altesse est déjà au lit? s'exclama-t-elle en fermant les jalousies. Je laisse la fenêtre ouverte, Votre Altesse. Mais s'il y a un orage cette nuit, vous serez obligée de vous lever...

– Il fait trop chaud pour le moment, répliqua Mariska.

– Je dois réveiller Votre Altesse de bonne heure?

– Oui, s'il vous plaît, Helga. A six heures et quart. Je dois monter à cheval.

– Je ne serai pas en retard, Votre Altesse.

Helga s'empara de la robe de Mariska et fit une révérence.

– Bonne nuit, Votre Altesse.

– Bonne nuit, Helga. Merci.

Un peu plus tard, Mariska entendit le fauteuil roulant de Friedrich, qu'on ramenait dans sa chambre. Etrangement, il gardait toujours le silence. « Qu'est-ce que l'amiral a bien pu lui dire? » se demanda-t-elle. Mais ne connaissait-elle pas la réponse?

Non seulement une porte reliait directement leurs chambres à coucher, mais les grandes portes-fenêtres des deux pièces étaient ouvertes. Aussi pouvait-elle entendre tout ce qui se disait dans la chambre de son mari. Ce soir, Josef meublait seul la conversation, son maître se contentant d'émettre de temps en temps un grognement.

Soudain, celui-ci s'écria d'un ton tranchant :

– Je veux du café! Du café noir!

– Je dois aller le chercher en bas, Votre Altesse.

– Eh bien? Qu'est-ce qui vous retient? Et rapportez-moi des pêches! Des pêches bien mûres! Il n'y en avait pas ce soir pour le dessert!

– Dois-je d'abord aider Votre Altesse à se déshabiller?

– Non! Cela ne presse pas! Je veux du café! Et des pêches! Allez m'en chercher tout de suite!

Mariska eut l'impression que Josef hésitait à obtempérer.

– Très bien, Votre Altesse, finit-il par dire. Je vais faire le plus vite possible.

Elle l'entendit sortir et refermer la porte derrière lui. Prise d'angoisse, elle se surprit à tendre l'oreille. Aucun bruit ne lui parvenait plus.

Puis, tout à coup, Friedrich se mit à crier :

– A l'aide! A l'aide! Mariska! Au secours!

Elle se demanda si elle n'avait pas rêvé. Dressée sur son lit, elle l'entendit appeler à nouveau; mais, cette fois, ce n'était plus qu'un murmure.

– Au secours!

Convaincue qu'il était arrivé quelque chose d'affreux, elle sauta du lit et, sans même prendre le temps d'allumer, se dirigea à l'aveuglette vers la porte et l'ouvrit.

Friedrich était assis au milieu de la pièce dans son fauteuil roulant, portant les mêmes vêtements que pendant le dîner... un revolver à la main!

Cette arme, il la gardait toujours chargée dans un tiroir, décidé à ne plus jamais se laisser prendre au dépourvu par un assaillant quelconque, anarchiste ou criminel, qui voudrait l'assassiner.

– Entrez, Mariska, fit-il. J'ai besoin de vous!

Elle resta un moment immobile. Puis elle déclara d'une voix faible :

– Je vais aller mettre ma robe de chambre.

– Avancez ou je vous abats sur place!

Elle crut qu'il était devenu fou. Mais, convaincue qu'il était capable de mettre sa menace à exécution, elle fit un pas dans sa direction.

– Que faites-vous avec cette arme, Friedrich?

– J'ai l'intention de vous tuer!

– Mais... pourquoi?

– Parce que vous êtes incapable d'accomplir les choses simples que je vous demande... parce que vous nous avez déçus, l'empereur et moi.

Mariska retint son souffle.

Elle comprenait maintenant pourquoi l'amiral von Senden était venu rendre visite à Friedrich : pour lui faire savoir qu'on n'avait plus besoin de ses services.

– J'en suis désolée... Mais vous ne m'avez pas laissé beaucoup de temps...

– Guillaume n'est pas un homme patient! Et moi non plus! Si j'ai failli, vous avez failli vous aussi. Et les souffrances que vous m'avez fait endurer, je vais vous les faire payer!

– Je regrette, si je vous ai trompé dans votre attente, mais vous m'aviez confié une tâche presque impossible. Quoi qu'en pensent vos maîtres allemands, Friedrich, je ne suis pas de l'étoffe dont on fait les espionnes!

Le prince leva son pistolet d'un geste menaçant.

– Mon Dieu! Comme je vous hais! hurla-t-il. Je déteste tout en vous! Et je vais jouir de mon premier moment de bonheur depuis trois ans en vous voyant morte à mes pieds!

La colère de Mariska balaya presque sa peur.

– Et quand vous m'aurez tuée, quelle explication fournirez-vous? Il est peu probable que vous vous en sortiez sans dommage. Je présume que l'on ne pendra pas un homme dans votre état, mais il ne fait pas l'ombre d'un doute que l'on vous jettera en prison!

– Je veux bien être pendu pour le plaisir de vous voir morte!

– Ce n'est pas vrai! Vous pouvez vous passer de moi, mais vous voulez vivre! Vous avez toujours voulu vivre, Friedrich!

– Je veux vous tuer!

– Très bien! Tuez-moi, si vous en avez tellement envie! J'espère seulement que vous serez capable d'expliquer votre geste de façon satisfaisante à votre bien-aimé empereur. Je peux vous assurer d'une chose : il n'aime pas du tout le scandale!

Elle le vit sourciller. Elle avait marqué un point : Friedrich n'avait pas envisagé les choses sous cet aspect.

Voyant qu'il hésitait, Mariska s'avança et tendit la main.

– Donnez-moi ce pistolet, Friedrich. Si vous ne

voulez plus de moi, je partirai loin d'ici. Mais il est impensable que le grand-duc du Wilzenstein commette un meurtre.

Elle avait réussi à l'ébranler. Elle lui prit l'arme des mains et la posa sur le bureau.

– Je suis vraiment désolée de vous avoir contrarié, Friedrich, mais très honnêtement, lord Arkley n'est pas homme à révéler des secrets d'Etat à une femme... et encore moins à moi!

– Vous n'avez même pas essayé! Vous avez refusé de m'aider! Vous n'avez même pas pu obtenir le moindre renseignement intéressant pour Guillaume!

– Pour une aussi sale besogne, il aurait dû s'adresser à quelqu'un de plus expérimenté que moi. Mais il ne sert à rien d'en discuter. Bonne nuit, Friedrich!

Elle allait retourner dans sa chambre, quand elle s'aperçut que la tête de Friedrich était tombée sur sa poitrine.

Elle hésita.

– Friedrich! Qu'y a-t-il?

Il ne bougeait plus. Ses épaules s'étaient affaissées, ses bras pendaient de chaque côté de son fauteuil.

– Friedrich! s'écria-t-elle, craignant tout à coup qu'il n'ait été victime d'une attaque d'apoplexie.

Elle se précipita vers lui, prête à poser sa main sur son front, à lui soulever la tête pour regarder ses yeux...

Elle l'avait à peine touché qu'il l'empoigna. Elle comprit qu'il avait simulé un malaise pour la prendre au dépourvu.

– Friedrich! lâchez-moi! cria-t-elle.

Mais il était trop tard.

– Maintenant je vais vous punir comme vous le

méritez! Vous m'avez empêché de tirer, mais rien ne pourra m'empêcher de vous battre à mort!

La retenant d'une main par le poignet, il la coucha sur ses genoux. De l'autre, il saisit la fine lanière qui lui servait de fouet.

Mariska entendit le cuir siffler dans l'air. Une douleur intolérable lui brûla le dos.

Elle se débattit et glissa sur le sol. Mais Friedrich ne lâcha pas prise. Affalée en travers du marchepied du fauteuil, elle était pour lui dans une position particulièrement favorable.

Le fouet s'abattit encore et encore. Malgré tous ses efforts, Mariska n'arrivait pas à échapper à la poigne de fer de son mari. Il la frappait avec une fureur qui le libérait de toute sa rage rentrée. Et l'alcool qu'il avait bu ne faisait que décupler ses forces.

La fine batiste de sa chemise de nuit s'était rapidement déchirée sous les coups, qui tombaient maintenant directement sur le dos de Mariska, lui brûlant la chair.

Au moment où la douleur devenait absolument intolérable, à travers les ténèbres d'un brouillard qui allait en s'épaississant, elle crut entendre la voix de Josef.

– Arrêtez, Votre Altesse! Arrêtez!

– Elle doit mourir! Elle doit mourir comme elle le mérite! Traîtresse! Créature indigne d'être ma femme, indigne de porter mon nom!

– Arrêtez, Votre Altesse! Vous ne pouvez pas faire ça!

– Sortez d'ici! Elle doit mourir! Mourir pour ce qu'elle m'a fait! Je vais la tuer! La tuer!

On aurait dit le cri d'une bête sauvage. Et au loin, très loin, un autre animal criait et gémissait, un tout petit animal pris au piège.

Puis, tout à coup, un coup de feu éclata dont l'écho se répercuta longtemps à travers la pièce...

Lord Arkley dînait chez Sa Majesté, dans la suite royale. Ils n'étaient que six convives, qui pouvaient s'exprimer librement et sans réserve.

Au nombre des invités figurait, naturellement, le marquis da Soveral – dont la verve était intarissable.

La nourriture était succulente, les vins choisis avec le plus grand discernement. Quand on servit le porto, le roi s'adossa à son siège et alluma un de ses inévitables cigares.

– Cela me fait penser, sire, s'exclama lord Arkley, que je vous ai rapporté une boîte de tout nouveaux cigares de La Havane. Je voulais vous les offrir plus tôt, mais cela m'est sorti de l'esprit. Ils sont fabriqués avec une feuille spéciale, que l'on n'exporte jamais.

– Je serais on ne peut plus heureux d'y goûter, répondit le roi. Envoyez quelqu'un les chercher.

– Permettez-moi d'y aller moi-même, sire. Je crois qu'ils se trouvent dans un tiroir fermé à clé.

– Que gardez-vous d'autre dans ce tiroir, Arkley? demanda l'un des convives. Des secrets d'Etat ou des lettres d'amour?

– Ni l'un ni l'autre! Mais je sais bien que vous ne me croirez pas, et sa réponse souleva un rire général.

Il sortit aussitôt et suivit le couloir qui menait à son appartement. Chemin faisant, il entendit le grondement du tonnerre. Mariska ne l'attendrait pas sous le saule pleureur, ce soir... Le temps allait lui paraître bien long, jusqu'au lendemain à 7 heures! Il avait envie de lui parler, de la voir et, plus que tout, envie de sentir de nouveau passer entre eux ce courant d'amour spirituel qu'il avait découvert grâce à elle.

Il entra chez lui et alluma la lumière. La pensée tout entière occupée par Mariska, il sortit son trousseau de clés de sa poche.

Il allait ouvrir le tiroir quand il lui sembla entendre un cri.

Se rappelant ce premier soir où il avait entendu hurler Mariska et découvert que le prince Friedrich la battait, il se dirigea instinctivement vers la terrasse.

Il crut de nouveau entendre un léger cri et pria le Ciel de s'être trompé. Etait-il possible que cette brute soit encore en train de battre Mariska? Et si c'était le cas, comment supporter de rester là sans intervenir?

Il hésitait, les yeux fixés sur le feuillage qui séparait les deux terrasses, quand un coup de tonnerre éclata. « Je m'étais effectivement trompé », se dit-il.

Encore un cri. Cette fois, le doute n'était plus possible. Puis il entendit la voix de Josef et aussitôt après celle de Friedrich qui hurlait :

– ... Je vais la tuer! La tuer!

Un coup de feu suivit ces paroles et, au même moment, l'orage éclata. Tandis que de grands éclairs déchiraient le ciel, lord Arkley sauta par-dessus le treillis, et se précipita dans la pièce voisine.

Mariska gisait sur le parquet, à demi nue, le dos zébré de coups de fouet. Affalé dans son fauteuil, le prince Friedrich tenait encore la lanière d'une main tandis que l'autre s'ouvrait lentement, libérant le poignet de son épouse.

A quelques pas de là, Josef, immobile, brandissant un pistolet qui fumait encore, avait les yeux rivés sur son maître, comme s'il n'arrivait pas à comprendre ce qu'il avait fait.

Lord Arkley enregistra toute la scène, avec la rapidité d'un homme d'action habitué au danger. Josef le regarda et dit simplement :

– Son Altesse Royale allait... allait la tuer! Vraiment!

– Je l'ai bien compris! s'exclama lord Arkley.

Il se pencha et prit Mariska dans ses bras. La jeune femme poussa un faible gémissement et appuya la tête contre son épaule.

– Tout va bien maintenant, lui dit-il doucement. Il ne vous fera jamais plus de mal. (Puis, la serrant tout contre lui, il demanda :) Josef?

– Oui, milord?

– Pourquoi l'avez-vous laissé seul?

– Il m'a envoyé chercher du café et des pêches, milord, dit-il en lui montrant du doigt les fruits sur le plateau.

Lord Arkley réfléchit un instant.

– Redescendez avec la cafetière, sous prétexte que votre maître ne le trouve pas assez chaud. Faites quelques plaisanteries à ce sujet. Et revenez quand on l'aura emplie de nouveau.

– Milord... balbutia Josef.

– Faites ce que je vous dis pour le cas où quelqu'un aurait entendu la détonation.

C'était heureusement fort peu probable, l'orage ayant éclaté juste à ce moment-là.

– A votre retour, poursuivit-il, vous constaterez que Son Altesse Royale s'est suicidée!

Josef le dévisagea comme s'il le soupçonnait d'avoir perdu la raison. Mais il avait l'esprit vif et ne tarda pas à comprendre.

– Quand vous trouverez votre maître écroulé dans son fauteuil, son pistolet à la main, vous ne dérangerez pas votre maîtresse. Vous irez chercher de l'aide chez le voisin le plus proche, c'est-à-dire chez moi. C'est compris?

– C'est compris, milord.

– Alors, allez et revenez le plus vite possible.

– Entendu, milord.

– Posez le pistolet sur la table.

Josef obéit.

– Quoi qu'il arrive, Josef, ajouta lord Arkley, la princesse doit rester en dehors de cette histoire. Vous avez bien compris?

Josef inclina la tête et sortit en refermant la porte sans faire de bruit.

Lord Arkley prit Mariska dans ses bras, la porta dans sa chambre et la déposa avec précaution sur le lit.

Elle paraissait à peine consciente, mais il avait l'impression qu'elle avait entendu ses paroles; elle levait sur lui des yeux dilatés par la terreur.

– Il faut éviter le scandale, mon trésor, lui expliqua-t-il doucement. Laissez-moi faire. Quand j'aurai fini de m'occuper de Friedrich, je chargerai votre femme de chambre de vous réveiller et de vous mettre au courant des événements. Dans votre intérêt, et dans celui de Josef, personne ne doit soupçonner la vérité.

Il l'installa sous les couvertures et porta sa main glacée à ses lèvres. Puis il retourna dans la chambre du prince.

Il ramassa le pistolet, l'essuya soigneusement avec un mouchoir et le mit dans la main de Friedrich, en prenant bien soin de placer l'index du mort sur la gâchette. Ceci fait, il rentra chez lui.

Il n'eut pas longtemps à attendre. On frappa à la porte, il ouvrit, et Josef, très pâle mais maître de lui, se contenta de le regarder : les paroles étaient inutiles.

Ils retournèrent ensemble dans la chambre du prince Friedrich. Celui-ci était toujours dans la même position, affaissé dans son fauteuil roulant, mais une grande tache de sang s'étalait maintenant sur le plastron de sa chemise blanche.

– Restez ici, Josef, ordonna lord Arkley. Je vais aller chercher le directeur de l'hôtel. Vous ne savez pas pourquoi votre maître a eu ce geste désespéré – si ce n'est que, depuis quelque temps, il souffrait énormément.

Josef acquiesça et lord Arkley descendit aussitôt au rez-de-chaussée. Comme il l'espérait, Herr Hammerschmid était encore dans son bureau. Lord Arkley lui expliqua brièvement que, de son appartement, il lui avait semblé entendre un coup de feu.

– Comme l'orage a éclaté au même moment, personne n'a dû y faire attention, ajouta-t-il.

Herr Hammerschmid l'écoutait, très inquiet.

– A mon avis, continua lord Arkley tranquillement mais d'un ton significatif, le prince Friedrich a été victime d'une grave crise cardiaque. Je suis certain, Herr Hammerschmid, que le médecin de l'hôtel le confirmera. Mais il est urgent que Son Altesse Royale soit transportée dans une clinique pour y recevoir les soins nécessaires...

Son regard rencontra celui de Herr Hammerschmid : ils étaient bien d'accord. Un scandale au *Weimar*, pendant que le roi d'Angleterre y séjournait, serait un désastre pour l'hôtel et du plus mauvais effet sur les clients.

Rien de pire, pour une station de villégiature, qu'un suicide. A Monte-Carlo, neuf fois sur dix, on s'arrange pour étouffer l'affaire. Lord Arkley se dit qu'il en irait de même à Marienbad et c'est là-dessus qu'il comptait.

Herr Hammerschmid donna ses instructions à un chasseur.

– Le médecin sera ici dans quelques minutes, milord, annonça-t-il. Puis-je me permettre de vous suggérer de retourner à votre dîner? Inutile qu'on apprenne, dès ce soir, la malencontreuse crise cardiaque dont Son Altesse Royale a été victime.

– C'est aussi mon opinion, répondit lord Arkley. Peut-être pourrez-vous, quand Son Altesse sera confortablement installée à la clinique, faire prévenir la princesse par sa femme de chambre?

– Laissez-moi m'occuper de tout, milord. Naturellement, si la crise cardiaque de son Altesse Royale devait, demain ou après-demain, se révéler fatale, vous en seriez le premier averti.

– Vous m'en voyez très touché, répondit lord Arkley. Son Altesse Royale est un vieil ami.

Lord Arkley remonta chez lui, prit dans son tiroir la boîte de cigares, puis rejoignit Sa Majesté et ses amis.

7

Le wagon privé que le prince Miklós avait mis à la disposition de lord Arkley à Budapest était particulièrement confortable. Sans parler de la nombreuse domesticité, portant la livrée de la famille Eszterházy, et attribuée à son service.

Après avoir bu un verre d'un vin hongrois pétillant, lord Arkley s'attabla devant un repas qui n'aurait pas déshonoré le restaurant le plus réputé. Mais il lui était difficile de penser à autre chose qu'à Mariska.

Cette année passée loin d'elle avait été la plus longue de toute sa vie.

Il avait fallu respecter les usages : Mariska était tenue de porter, comme il se doit, le deuil de son mari.

Mais l'été venu, l'impatience l'avait gagné. Et quand le roi lui avait demandé : « M'accompagnerez-vous, comme d'habitude, à Marienbad? », il avait senti qu'enfin l'attente allait prendre fin et que le bonheur auquel il aspirait était à portée de main.

Il avait beaucoup souffert de ne pas pouvoir communiquer avec Mariska. Toute correspondance risquait de tomber sous des yeux indiscrets et il aurait été encore plus dangereux d'essayer de rencontrer la jeune femme.

Sa seule consolation, après cette tragique soirée où il l'avait transportée dans son lit, blessée et inconsciente, avait été de savoir qu'elle aurait la duchesse à ses côtés.

Il lui avait fallu déployer un effort surhumain pour retourner à la soirée donnée par le roi, pour rire et parler comme si de rien n'était. Et quand tous les invités étaient partis pour le casino, sentant qu'il deviendrait fou s'il restait une seconde de plus enfermé entre quatre murs, il était allé se promener seul dans la forêt, par le chemin qu'il avait suivi, le matin même, avec Mariska. Il priait et espérait que Dieu, dans sa mansuétude, leur réserverait un avenir radieux, et qu'ils pourraient enfin se retrouver.

Mais il restait bien des obstacles et des difficultés à surmonter.

Pour l'instant, sa préoccupation principale était la santé de Mariska. Résisterait-elle à toutes ces épreuves, et par exemple à l'épuisant cérémonial qui ne manquerait pas d'entourer les funérailles du prince Friedrich?

Et puis, bien sûr, il y avait toujours ce risque que la vérité soit découverte. Si l'on apprenait que le prince Friedrich avait été abattu par son valet qui avait voulu l'empêcher d'assassiner sa femme, le scandale ébranlerait toutes les monarchies d'Europe.

Toutefois, lord Arkley était persuadé que l'on pouvait faire confiance à Josef pour garder le silence. Son propre sort était en jeu, aussi bien que la réputation de Mariska. Bon juge de la nature humaine, lord Arkley comprit que c'était par dévouement à sa maîtresse que Josef avait supporté l'intolérable comportement et les continuelles insultes de Friedrich.

Par ailleurs, lord Arkley pensait pouvoir compter sur le bon sens de Herr Hammerschmid. Personne ne redoute plus le scandale et une atteinte à sa réputation qu'un hôtelier, et Herr Hammerschmid était très fier de compter parmi les clients de son palace de nombreux monarques. Il ne compromettrait pas tout cela pour un grand-duc allemand!

Lord Arkley avait confiance : le corps du prince Friedrich serait discrètement transporté dans une clinique privée, et l'on déclarerait que son état était « trop critique pour autoriser les visites ».

Et c'est en effet ainsi que les choses se passèrent. Le lendemain matin, on lui annonça d'un ton grave que Son Altesse Royale, le prince Friedrich, avait été victime d'une crise cardiaque et que son état inspirait les plus vives inquiétudes.

La nouvelle s'était rapidement répandue dans tout Marienbad et avait alimenté les conversations sur la *Kreuzbrunnen*. Personne n'avait vraiment été surpris. Le prince Friedrich, avec son visage bouffi et sa réputation de grand buveur, ne donnait pas l'impression de devoir faire de vieux os.

– Pauvre diable! S'il meurt, ce sera la meilleure chose qui puisse lui arriver, avait fait remarquer le roi Edouard à lord Arkley.

– Je suis de votre avis, sire. Peu d'entre nous souhaiteraient vivre dans de telles conditions.

Ensuite lord Arkley s'était rendu chez la duchesse.

– Que vous voilà de grand matin, milord! s'était-elle écriée en lui tendant la main. J'imagine que vous venez me parler de l'état critique dans lequel se trouve le prince Friedrich. Je viens tout juste de l'apprendre.

– Moi aussi, madame, avait répondu lord Arkley

en lui baisant la main. Et je suis très inquiet pour la princesse.

– Je vous comprends. Mais, très franchement, j'espère que le Ciel exaucera mes prières.

Leurs regards se rencontrèrent : ils s'étaient compris.

– Ce que je suis venu vous demander, reprit lord Arkley, c'est de l'aider, puisque je ne peux le faire moi-même.

– C'était bien mon intention et j'attendais simplement qu'elle soit en état de me recevoir. Vous savez aussi bien que moi, lord Arkley, que si quelqu'un doit se tenir à l'écart pour l'instant, c'est bien vous.

– J'en suis tout à fait conscient.

– Laissez-moi m'occuper de tout et revenez ce soir. Je vous tiendrai au courant de ce que vous désirez tant savoir.

C'était la duchesse qui avait appris à lord Arkley que Mariska aurait sans doute été victime d'une dépression nerveuse, si son amour pour lui ne l'avait soutenue et fortifiée.

– Elle m'a demandé de vous dire, ajouta-t-elle, qu'elle pense au voile de brume sur le lac. Elle m'a assurée que vous comprendriez.

– Je comprends, murmura lord Arkley.

– Elle paraît tellement souffrante, tellement fragile... J'ai peur, très peur, que cela ne soit trop pour elle.

– Pourriez-vous lui transmettre un message de ma part ?

– Vous savez bien que oui.

– Alors dites-lui que je l'attendrai de l'autre côté du voile de brume.

La duchesse rapporta fidèlement ces paroles à Mariska et, en voyant ses yeux s'allumer et un faible sourire se dessiner sur ses lèvres, elle comprit que ses craintes étaient vaines.

Malgré tout, trois jours plus tard, quand le train, dont un des wagons était tendu de crêpe noir, avait ramené au Wilzenstein le corps du prince Friedrich, c'est au prix d'un très grand effort – et contre l'avis des médecins – que Mariska avait entrepris le voyage.

Lord Arkley avait lu dans les journaux allemands le compte rendu de l'interminable cérémonie funèbre, qui s'était déroulée dans la capitale du Wilzenstein. Le prince Friedrich avait été enseveli avec toute la pompe et la grandeur souhaitables. La plupart des pays d'Europe furent représentés et l'empereur, empêché, envoya à sa place le baron von Echardstein et l'amiral von Senden.

Après le départ de Mariska, lord Arkley ne reçut plus de ses nouvelles directement : il ne devait en aucun cas entrer en rapport avec elle pendant son séjour en Allemagne, et il lui fallait attendre la fin du deuil, moment où la jeune femme pourrait quitter le palais et rentrer en Hongrie.

Mais il s'était senti malade d'impuissance, en apprenant qu'elle s'était évanouie après les funérailles et qu'elle se trouvait de nouveau entre les mains des médecins. N'étaient sa maîtrise de soi et l'entraînement qu'il avait subi dans la diplomatie, il aurait envoyé au diable les convenances et se serait précipité au Wilzenstein. Il n'en avait pas dormi pendant plusieurs semaines, jusqu'au moment où il avait appris que Mariska était rétablie et avait regagné la Hongrie.

Pour lors, dans le train, lord Arkley terminait son repas par un café, quand un domestique s'approcha de lui :

– Peut-être, milord, aimeriez-vous vous changer et endosser votre tenue de cheval?

Etonné, lord Arkley leva les sourcils. Le serviteur poursuivit :

– Bien sûr, il y aura des voitures à la gare, mais aussi un cheval, si vous voulez vous rendre au palais plus rapidement en coupant à travers bois.

En effet, lord Arkley avait pu constater, lors d'un précédent séjour, qu'une forêt de pins très semblable à celle des environs de Marienbad, s'étendait entre la gare et le palais. Il rejoignit aussitôt son compartiment où il trouva son habit de cavalier déjà sorti. Il ne lui fallut que quelques minutes pour se changer. Après quoi il s'assit près d'une fenêtre, afin d'admirer les magnifiques paysages champêtres qui défilaient sous ses yeux.

Malgré la grande chaleur, il restait encore de la neige sur les cimes des montagnes qui se détachaient sur le bleu du ciel. De grandes rivières argentées serpentaient avec majesté entre les élégants châteaux qui se dressaient çà et là dans la campagne.

L'invitation à venir chasser à Fertöd lui avait été envoyée par le prince Miklós. Mais Mariska était sans doute chez son cousin et il ne tarderait pas à la voir.

Il se sentait aussi excité et enivré qu'un adolescent se rendant à son premier rendez-vous. Et c'était la pure vérité. Il n'avait jamais aimé personne comme il aimait Mariska et, pendant tout le temps de leur séparation, son amour n'avait cessé de croître. Si bien qu'il redoutait presque, à présent, de ne plus retrouver auprès d'elle le même sentiment d'extase.

Mais il se rassura en se disant que ses craintes étaient certainement vaines. Quand deux êtres tombent amoureux l'un de l'autre au premier regard, quand leur esprit et leur âme communient comme les leurs, ni le temps ni la distance n'y peuvent rien changer.

Le train entra lentement dans une petite gare, tout spécialement affectée aux hôtes du palais. On déroula en hâte un tapis rouge devant le wagon privé de lord Arkley qui, en descendant, fut accueilli par l'un des fils cadets du prince.

– C'est un très grand plaisir de vous revoir, milord, dit ce dernier.

Lord Arkley jeta un regard admiratif sur ce séduisant jeune Hongrois qui, ainsi que son frère, avait contribué à rendre si agréable son précédent séjour au palais.

Tout en devisant de choses et d'autres, ils sortirent de la gare. Un élégant attelage les attendait, ainsi qu'un landau pour les domestiques et les bagages. Un peu à l'écart, lord Arkley aperçut un cheval plein de fougue, qu'on retenait avec peine. De toute évidence, il faisait partie de l'écurie du prince, qui passait pour la meilleure de toute la Hongrie.

– C'est beaucoup plus rapide de couper à travers la forêt, lui conseilla le jeune homme. Ne m'en veuillez pas si je ne vous accompagne pas... Mais il y a là quelqu'un qui se fera un plaisir de vous montrer le chemin, ajouta-t-il avec une étincelle dans le regard qui ne pouvait passer inaperçue.

Lord Arkley sauta aussitôt en selle. Il allait enfin revoir Mariska!

Il trottait depuis un bon moment déjà quand, soudain, une silhouette se découpa à contre-jour, à l'extrémité d'une allée forestière.

Son cœur bondit dans sa poitrine et, quelques secondes plus tard, il la contemplait, n'en croyant pas ses yeux. Dans une foule, il ne l'aurait pas reconnue. Mais son regard, qui cherchait le sien, n'avait pas changé, lui. Et ils restèrent ainsi, sans parler, car il n'était nul besoin de mots pour exprimer l'émerveillement et le bonheur qui les auréolaient, comme des rayons de soleil.

– Mariska!

Il laissa échapper ce nom dans un souffle, où la surprise se mêlait à la joie.

La femme émaciée, crispée et craintive de naguère, au regard toujours assombri par le chagrin, avait fait place à un être jeune et rayonnant, qui paraissait l'incarnation même du printemps.

Mariska portait une tenue d'amazone en tissu léger, d'un jaune pâle, et une blouse assortie, taillée dans une étoffe vaporeuse. En attendant lord Arkley, elle avait ôté son chapeau à larges bords et l'avait attaché au pommeau de sa selle. Les rayons du soleil, filtrant entre les branches des arbres, jouaient de mille feux sur ses cheveux noirs, et faisaient resplendir sa peau laiteuse et l'éclat de ses yeux. Il était impossible d'être plus ravissante.

Ils restèrent longtemps sans parler.

– Vous... vous êtes là, dit enfin Mariska, comme si elle cherchait à s'en persuader elle-même.

– Je suis là! Et vous êtes là aussi, mon amour!

– Je n'aurais pas pu supporter... de vous rencontrer en présence des autres... Et aussi, j'ai quelque chose à vous montrer.

Elle éperonna sa monture et lord Arkley l'imita. Chevauchant côte à côte, ils suivirent un sentier qui serpentait entre les arbres et arrivèrent bientôt au bord d'un lac.

Entouré d'arbres, dominé par de hautes montagnes dont le soleil faisait étinceler les cimes enneigées, il était encore plus grand et plus beau que le lac de Marienbad. Avec un sourire, Mariska déclara :

– J'ai bien peur qu'il n'y ait pas de petite auberge, ici... mais nous serons... seuls.

– C'est tout ce que je demande, répondit-il.

Il mit pied à terre et aida Mariska qui l'attendait pour descendre de cheval. Elle était toujours aussi légère qu'un duvet de chardon dans ses bras. Pourtant, elle avait pris un peu de poids et les douces rondeurs de sa poitrine apparaissaient maintenant sous la légère étoffe de sa blouse.

Il la déposa sur le sol et la serra dans ses bras. Les chevaux s'étaient éloignés pour aller brouter au bord du lac. Ils étaient sous les pins, seuls au monde.

– Je vous ai manqué? demanda lord Arkley.

Elle n'avait fait aucun effort pour se dégager. Au contraire, il lui sembla qu'elle se serrait un peu plus contre lui.

– Je pensais... que cette année ne finirait jamais, murmura-t-elle.

– M'aimez-vous toujours?

Elle eut un sourire, qui la fit ressembler à une toute jeune fille.

– J'allais vous poser la même question... J'avais tellement peur que... vous ne m'ayez oubliée.

– Vous avez vraiment cru cela possible?

Sa voix avait un accent qui la fit frissonner.

– Je pensais... à toutes les jolies femmes que vous connaissez... Mais j'étais sûre... vraiment sûre, que notre amour était trop... merveilleux pour que nous puissions nous perdre.

– Si vous saviez comme, moi aussi, j'ai trouvé cette année interminable!

– Je... je vous aime...

Ces mots, qu'elle avait chuchotés, il les entendit.

Il l'attira vers lui et posa ses lèvres sur les siennes.

Il attendait cet instant depuis si longtemps...

Mais il n'oubliait pas que, pour Mariska, c'était là son premier baiser, et qu'on ne l'avait encore jamais embrassée...

Il s'y prit doucement, très doucement, tendrement, comme si elle avait été une fleur, pour que tout ce qui existait entre eux de spirituel et de sacré soit présent dans ce doux contact de leurs lèvres.

Il sembla à Mariska qu'on lui ouvrait les portes du paradis et qu'elle y trouvait tout ce qu'elle avait toujours cherché, tout ce qui se cachait derrière le voile de brume, dans l'ombre des pins et dans leur âme, un enchantement, une extase au-delà des mots.

Elle avait l'impression que son être se confondait avec celui de lord Arkley, qu'il l'emmenait loin du monde, dans ce lieu enchanté dont ils avaient parlé mais qu'elle désespérait de découvrir un jour.

Eh bien! elle s'y trouvait maintenant... Et il y était avec elle...

Il était son guide, son maître, le soutien qu'elle avait toujours cru voir en lui.

Tout était si parfait, si merveilleux, qu'au moment où il écarta d'elle son visage, et qu'elle put le contempler, il lui apparut comme auréolé de lumière, de quelque chose de presque divin.

Devant le bonheur radieux qui éclatait dans son regard, devant la douceur de ses lèvres, devant ce cœur qu'il sentait battre contre le sien, lord Arkley s'exclama :

– Je vous adore, mon merveilleux trésor. Maintenant que nous sommes réunis, vous ne connaîtrez plus ni chagrin ni misère. Je vous rendrai heureuse, je le jure!

– Je vous aime... Je vous aime et vous aimerai, jusqu'à ce qu'il n'y ait plus rien au monde que l'amour!

– Et cet amour demeurera à jamais!

Il l'embrassa de nouveau, avec plus d'exigence cette fois, mais sans jamais oublier à quel point elle était tendre et fragile.

Bien longtemps après, ils allèrent s'asseoir sur l'herbe, au bord du lac, toujours enlacés. Lord Arkley avait les yeux fixés sur Mariska, comme s'il ne pouvait pas détacher d'elle son regard.

– Vous êtes encore plus belle que dans mon souvenir. C'est sans doute parce que la peur qui vous hantait s'est envolée, cette crainte qui me faisait mourir d'envie de vous prendre dans mes bras à Marienbad pour vous protéger.

Elle poussa un soupir de bonheur et posa sa tête contre son épaule.

– J'ai eu tellement peur que tout cela ne soit qu'un rêve... que quelque chose vous empêche d'arriver jusqu'à moi...

– Rien au monde n'aurait pu m'en empêcher. Le roi Edouard a pourtant essayé de m'entraîner à sa suite à Marienbad!

– Et vous avez refusé?

– Avec tant de fermeté qu'il n'a même pas insisté. Il faudra qu'il apprenne à se passer de moi, à l'avenir, alors autant commencer dès maintenant.

– Se passer de vous? Vous voulez dire...

– Je veux dire que je serai beaucoup trop occupé chez moi, avec ma femme...

Elle laissa échapper un petit cri de joie.

– Je voudrais tellement... passer tous mes instants avec vous... Voir votre maison qui sera... ma maison.

– Quand pourrez-vous m'épouser, mon trésor?

– Quand vous voudrez de moi.

– Alors, ce soir, ou demain au plus tard!

Elle éclata de rire.

– Je n'ai encore rien dit à ma famille. J'ai simplement demandé à mon cousin Miklós de vous inviter. Mais je crois qu'ils se doutent de quelque chose.

– Pourquoi?

– Peut-être parce que je n'ai pas pu cacher ma joie, quand j'ai appris que vous aviez accepté l'invitation de mon cousin.

– Invité ou pas, je serais venu quand même. Nous avons suffisamment payé tribut aux convenances, mon amour. On ne peut plus rien exiger de nous. Nous sommes libres de nous aimer et d'accomplir notre destin!

– Je vous aime de tout mon être. Mais... et si vous étiez déçu? (En dépit de son sourire, elle poursuivit :) J'ai tellement entendu parler de vos succès... Vous êtes considéré comme l'homme le plus séduisant de Londres. Peut-être même de Paris...

– Voilà qui est très flatteur. Mais vous ne devez pas souvent vous regarder dans un miroir, sinon vous sauriez qu'il est impossible de trouver, dans le monde entier, femme plus jolie et plus séduisante que vous!

– Vous êtes peut-être un peu... partial. Mais ça ne fait rien, je veux que vous pensiez cela de moi.

Elle lui tendit ses lèvres et il l'embrassa jusqu'à ce que les arbres, le ciel et le lac ne soient plus qu'un tourbillon autour d'eux. Et elle voyait dans ses yeux, elle sentait dans ses baisers, qu'une ardeur nouvelle l'habitait.

– Je vous désire, marmonna-t-il d'une voix rauque. J'ai attendu plus qu'il n'était en mon pouvoir... Je ne peux pas attendre plus longtemps...

Elle enfouit son visage contre son épaule et murmura :

– Si vous en êtes sûr... et si vous ne tenez pas à ce que tous vos amis assistent à la cérémonie, nous pourrions nous marier dans la chapelle du palais...

– Mais bien sûr! s'écria lord Arkley. J'avais oublié cette chapelle! Que pourrions-nous trouver de mieux? Et les membres de votre famille seront nos seuls témoins.

– C'est ce que j'espérais vous entendre dire...

– Quand vous serez ma femme, nous oublierons aussitôt le passé. Nous ferons comme si nous nous étions rencontrés à une réception donnée par votre cousin. (Il l'embrassa et poursuivit :) Je suis un Anglais sophistiqué, blasé, me conduisant avec cynisme envers les femmes, venu en Hongrie pour chasser la perdrix.

Mariska l'écoutait avec les yeux d'un enfant à qui on raconte un conte de fées.

– En arrivant au palais, je rencontre une jeune fille nommée Mariska Eszterházy, à peine sortie de l'école, fraîche, innocente et si jolie que j'en tombe follement, furieusement, éperdument amoureux.

– Alors? Et après?

– Je découvre qu'elle m'aime un peu...

– Pas un peu...

– Bon, disons... beaucoup!

– Plus que la terre, la mer et les cieux réunis! déclara Mariska avec un tel accent de passion qu'il la serra contre lui.

– Non seulement Mariska Eszterházy est la personne la plus adorable qu'il m'ait été donné de rencontrer, mais je m'aperçois que personne encore ne l'a embrassée...

– Et pour le sophistiqué, le blasé, le cynique lord Arkley, cela n'est-il pas très... ennuyeux?

– C'est fascinant au contraire, et très excitant, répondit-il en l'embrassant encore. Y a-t-il un homme au monde, si blasé qu'il soit, qui pourrait éprouver de l'ennui auprès de vous? J'ai tellement de choses à vous apprendre... continua-t-il. Ce sera l'aventure la plus captivante de ma vie!

– Et la plus extraordinaire... la plus merveilleuse pour moi!

– Je vous rendrai heureuse, ma chérie.

– Je le suis déjà, puisque vous êtes là... J'ai attendu si longtemps...

– N'avons-nous pas décidé d'oublier le passé? Il n'y aura plus jamais ni nuages, ni drames, ni tragédies. Nous allons mener dorénavant la vie la plus banale... et la plus merveilleuse!

– C'est tout ce que je désire... Quand je suis près de vous, je me sens en sécurité, et tellement heureuse que je peux oublier tout le reste!

– Cela est nécessaire. Nous avons tant de choses à nous dire, tant de choses à vivre ensemble que le passé s'estompera rapidement, facilement...

– Il a déjà disparu! s'exclama Mariska. Il n'y a plus que vous... vous et encore vous.

Comme s'ils éprouvaient le besoin urgent de commencer leur nouvelle vie, ils se levèrent d'un commun accord et, main dans la main, sans se quitter des yeux, ils rejoignirent les chevaux qui broutaient un peu plus loin.

– Je n'aurais jamais cru qu'on pût être aussi heureux, aussi amoureux! s'écria lord Arkley.

– Nous sommes comme sous l'effet d'un charme... J'ai l'impression de sortir d'un long et profond sommeil et de me trouver dans un monde magique.

Je pressentais cet univers, mais je n'aurais jamais cru qu'il pourrait être mien un jour.

– C'est le vôtre, maintenant, ce monde où seul l'amour existe!

Elle se rapprocha instinctivement de lui et il la prit dans ses bras.

– L'amour, ma chérie, le véritable amour. Et sa magie ne nous quittera plus, ajouta-t-il d'un ton grave, et ses paroles ressemblaient à un serment qu'il eût prononcé en leur nom à tous deux.

Le baiser qu'il lui donna alors n'exprimait pas seulement une joie et une extase d'essence divine, mais contenait toute l'ardeur d'un désir, celle d'un feu qui n'appartenait qu'au soleil, à la vie même.

Ils ne formaient plus qu'un seul être, comme par le passé, comme à jamais dans l'avenir, un même esprit, un même cœur, une même âme.

Littérature générale

extrait du catalogue

AKÉ LOBA
Kocoumbo, l'étudiant noir (1511***)
L'exil d'un jeune Africain au Quartier Latin.

ANDREWS Virginia C.
Fleurs captives (1165****)
Quatre enfants séquestrés par leur mère...
Pétales au vent (1237****)
Libres, ils doivent apprendre le monde...
Bouquet d'épines (1350****)
Mais les fantômes du passé menacent.
Ma douce Audrina (1578****)
Elle voulait ressembler à sa sœur morte.

AUEL Jean M.
Ayla, l'enfant de la terre (1383****)
A l'époque préhistorique, une petite fille douée d'intelligence est élevée au sein d'une tribu moins évoluée.
La vallée des chevaux (1655*****)
Ayla découvre le feu et l'amour

AVRIL Nicole
Monsieur de Lyon (1049***)
Ce séduisant « monstre à visage de femme » n'est-il qu'un être de mort ?
La disgrâce (1344***)
A treize ans, Isabelle découvre qu'elle est laide ; pour elle, le monde bascule.

BACH Richard
Jonathan Livingston le goéland (1562*)
Une leçon d'art de vivre. Illustré.

BARCLAY et ZEFFIRELLI
Jésus de Nazareth (1002***)
Récit fidèle de la vie et de la passion du Christ, avec les photos du film.

BARNARD Christian
Les saisons de la nuit (1033***)
Un médecin doit-il révéler à une femme qu'il a aimée qu'elle est atteinte d'une maladie incurable ?

BAUM Frank L.
Le magicien d'Oz (The Wiz) (1652**)
Dorothée et ses amis traversent un pays enchanté. Illustré

BINCHY Maeve
C'était pourtant l'été (1727*****)
Deux jeunes femmes, tendres, passionnées, modernes.

BORY Jean-Louis
Mon village à l'heure allemande (81***)
Malgré l'Occupation, le rire garde ses droits.

BRISKIN Jacqueline
Paloverde (2t. 1259**** et 1260****)
En Californie, dans l'aventure du pétrole et les débuts d'Hollywood, deux femmes inoubliables.
Les sentiers de l'aube
(2t. 1399 **** et 1400 ****)
Où l'on retrouve les descendants des héros de Paloverde.

BROCHIER Jean-Jacques
Odette Genonceau (1111*)
Elle déchiquette à coups de bec ceux qui vivent autour d'elle.
Villa Marguerite (1556**)
L'Occupation, la bouffe, les petits-bourgeois : une satire impitoyable.

BUCK Pearl
Une certaine étoile (891***)
De par le monde, en chacun, brille l'espoir.

BURON Nicole de
Vas-y maman (1031**)
Après quinze ans d'une vie transparente, elle décide de se mettre à vivre.
Dix-jours-de-rêve (1481***)
Les îles paradisiaques ne sont plus ce qu'elles étaient.

CARRIÈRE Jean-Claude
Humour 1900 (1066****)
Un feu d'artifice des plus brillants humoristes du début du siècle.

CARS Guy des
La brute (47***)
Aveugle, sourd, muet, ... et meurtrier ?
Le château de la juive (97****)
Une ambition implacable.
La tricheuse (125***)
Elle triche avec l'amour et avec la mort.

L'impure (173★★★★)
La tragédie de la lèpre.
La corruptrice (229★★★)
La hantise du cancer.
La demoiselle d'opéra (246★★★)
L'art et la luxure.
Les filles de joie (265★★★)
La rédemption par l'amour.
La dame du cirque (295★★)
La folie chez les gens du voyage.
Cette étrange tendresse (303★★★)
Celle qui hésite à dire son nom.
La cathédrale de haine (322★★★)
La création aux prises avec les appétits matériels.
L'officier sans nom (331★★)
L'humilité dans le devoir.
Les sept femmes (347★★★★)
Pour l'amour et la fortune, accepteriez-vous de perdre une année de votre jeunesse ?
La maudite (361★★★)
L'effroyable secret de la dualité sexuelle.
L'habitude d'amour (376★★)
La passion d'un Européen et d'une Orientale, amoureuse née.
Sang d'Afrique (2t. 399★★ et 400★★)
Jacques, l'étudiant noir, ramène dans son pays natal la blonde Yolande.
Le Grand Monde
(2t. 447★★★★ et 448★★★★)
Agent secret français, Jacques découvre à Saïgon l'amour de Maï, la taxi-girl chinoise.
La révoltée (492★★★★)
Jeune et comblée, pourquoi a-t-elle abattu son père et tenté de tuer sa mère ?
Amour de ma vie (516★★★)
L'amour et la haine dans le monde du cinéma.
Le faussaire (548★★★★)
Le drame de ce grand peintre est d'être un faussaire de génie.
La vipère (615★★★★)
Il retrouve à Paris celle qui, en Indochine, a fait assassiner son meilleur ami.
L'entremetteuse (639★★★★)
Elle tient la première maison de rendez-vous de Paris, mais elle n'aime qu'un seul homme.
Une certaine dame (696★★★★)
Cette femme, belle, riche, adulée, est-elle une erreur de la nature ?
L'insolence de sa beauté (736★★★)
Une femme laide et intelligente a recours à la chirurgie esthétique. Conservera-t-elle sa séduction ?
L'amour s'en va-t-en guerre (765★★)
Trois femmes, trois générations, trois amours pleins de panache et d'élégance.
Le donneur (809★★)
Des milliers de femmes ont eu des enfants de lui, et pourtant il n'aime qu'Adrienne.
J'ose (858★★)
Un père parle à son fils, à cœur ouvert.
De cape et de plume
(2t. 926★★★ et 927★★★)
Le roman d'une existence prodigieuse de vitalité, riche en rencontres étonnantes.
Le mage et le pendule (990★)
Grâce à son pendule, le mage sait voir à travers les âmes.
L'envoûteuse (2t. 1039★★★ et 1040★★★)
Elle change aussi facilement d'identité que de visage et possède le pouvoir d'envoûter, même à distance.
Le mage et les lignes de la main
... et la bonne aventure
... et la graphologie (1094★★★★)
Les mystères du cœur féminin.
La justicière (1163★★)
Deux mères s'affrontent : celle d'un enfant assassiné et celle de l'assassin.
La vie secrète de Dorothée Gindt (1236★★)
Une femme caméléon à la vie prodigieuse.
La femme qui en savait trop (1293★★)
Nadia la voyante fera tout pour gagner celui qu'elle aime.
Le château du clown (1357★★★★)
Plouf, le clown, aime Carla, l'écuyère ; pour elle il veut acquérir le plus beau château du monde.
La femme sans frontières (1518★★★)
L'amour transforme une jeune bourgeoise en terroriste.
Boulevard des illusions (1710★★★)
Des personnages fabuleux qui stupéfient les foules.

CARS Jean des

Sleeping Story (832★★★★)
Orient-Express, Transsibérien, Train bleu : grande et petite histoire des wagons-lits.
Haussmann, la gloire du Second Empire (1055★★★★)
La prodigieuse aventure de l'homme qui a transformé Paris.
Louis II de Bavière (1633★★★)
Une biographie passionnante de ce prince fou, génial et pervers. J'ai Lu l'histoire.
Elisabeth d'Autriche ou la fatalité (1692★★★★)
Le destin extraordinaire de Sissi. J'ai Lu l'histoire.

CASTELOT André

Les battements de cœur de l'histoire (1620★★★★)
La politique et l'histoire confrontées au cœur et à l'amour. J'ai Lu l'histoire.

CASTRIES duc de

La Pompadour (1651★★★★)
Les vingt ans de règne d'une femme d'exception. J'ai Lu l'histoire.

CESBRON Gilbert

Chiens perdus sans collier (6★★)
Le drame de l'enfance abandonnée.
C'est Mozart qu'on assassine (379★★★)
Le divorce de ses parents plonge Martin dans l'univers sordide des adultes. En sortira-t-il intact ?

La ville couronnée d'épines (979★★)
Amoureux de la banlieue, l'auteur recrée sa beauté passée.
Mais moi je vous aimais (1261★★★★)
Assoiffé d'amour, le petit Yann se heurte à l'égoïsme des adultes, car son esprit ne grandit pas aussi vite que son corps.
Huit paroles pour l'éternité (1377★★★★)
Comment appliquer aujourd'hui les paroles du Christ.

CHARDIGNY Louis

Les maréchaux de Napoléon (1621★★★★)
Des hommes hors du commun à une époque exceptionnelle. J'ai Lu l'histoire.

CHOUCHON Lionel

Le papanoïaque (1540★★)
Sa fille de quinze ans le rend fou de jalousie.

CHOW CHING LIE

Le palanquin des larmes (859★★★)
La révolution chinoise vécue par une jeune fille de l'ancienne bourgeoisie.
Concerto du fleuve Jaune (1202★★★)
Un autoportrait où le pittoresque alterne avec le pathétique.

CLANCIER Georges-Emmanuel

Le pain noir :
1 - Le pain noir (651★★★)
2 - La fabrique du roi (652★★★)
3 - Les drapeaux de la ville (653★★★★)
4 - La dernière saison (654★★★)
De 1875 à la Seconde Guerre mondiale, la chronique d'une famille pauvre à l'heure des premiers grands conflits du travail.
L'éternité plus un jour (2t. 810 ★★★★ et 811★★★★)
C'est ce qu'il faudrait à Henri pour vivre son amour avec Elisabeth.
La halte dans l'été (1149★★)
Un grand-père à l'écoute de la jeunesse.

CLAVEL Bernard

Le tonnerre de Dieu (290★)
Une fille perdue redécouvre la nature et la chaleur humaine.
Le voyage du père (300★)
Le chemin de croix d'un père à la recherche de sa fille.
L'Espagnol (309★★★★)
Brisé par la guerre, il renaît au contact de la terre.
Malataverne (324★)
Ce ne sont pas des voyous, seulement des gosses incompris.
L'hercule sur la place (333★★★)
L'aventure d'un adolescent parmi les gens du voyage.
Le tambour du bief (457★★)
Antoine, l'infirmier, a-t-il le droit d'abréger les souffrances d'une malade incurable ?
Le massacre des innocents (474★)
La découverte, à travers un homme admirable, des souffrances de la guerre.
L'espion aux yeux verts (499★★★)
Des nouvelles qui sont aussi les souvenirs les plus chers de Bernard Clavel.

La grande patience :
1 - **La maison des autres** (522★★★★)
2 - **Celui qui voulait voir la mer** (523★★★★)
3 - **Le cœur des vivants** (524★★★★)
4 - **Les fruits de l'hiver** (525★★★★)
Julien ou la difficile traversée d'une adolescence sous l'Occupation.
Le seigneur du fleuve (590★★★)
Le combat, sur le Rhône, de la batellerie à chevaux contre la machine à vapeur.
Pirates du Rhône (658★★)
Le Rhône d'autrefois, avec ses passeurs, ses braconniers, ses pirates.
Le silence des armes (742★★★)
Après la guerre, il regagne son Jura natal. Mais peut-on se défaire de la guerre ?
Ecrit sur la neige (916★★★)
Un grand écrivain se livre à ses lecteurs.
Tiennot (1099★★)
Tiennot vit seul sur son île lorsqu'une femme vient tout bouleverser.
La bourrelle – l'Iroquoise (1164★★)
Au Québec, une femme a le choix entre la pendaison et le mariage.
Les colonnes du ciel :
1 - **La saison des loups** (1235★★★)
Un hiver terrible où le vent du nord portait la peur, la mort et le hurlement des loups.
2 - **La lumière du lac** (1306★★★★)
L'histoire de ce « fou merveilleux » qui bouleverse les consciences, réveille les tièdes, entraîne les ardents.
3 - **La femme de guerre** (1356★★★)
Pour poursuivre l'œuvre du « fou merveilleux », Hortense découvre « l'effroyable devoir de tuer ».
4 - **Marie Bon Pain** (1422★★★)
Marqué par la guerre, Bisontin ne supporte plus la vie au foyer.
5 - **Compagnons du Nouveau Monde** (1503★★★)
Bisontin débarque à Québec où il tente de refaire sa vie.
L'homme du Labrador (1566★★)
Un inconnu bouleverse la vie d'une servante rousse.
Terres de mémoire (1729★★)
Bernard Clavel à cœur ouvert.

COLETTE
Le blé en herbe (2★)
Phil partagé entre l'expérience de Léa et l'innocence de Vinca.

CORMAN Avery
Kramer contre Kramer (1044★★★)
Abandonné par sa femme, un homme reste seul avec son tout petit garçon.
Le vieux quartier (1438★★★)
Un homme arrivé quitte tout pour retrouver son enfance.

CURTIS Jean-Louis
L'horizon dérobé :
1 - **L'horizon dérobé** (1217★★★★)
2 - **La moitié du chemin** (1253★★★★)
3 - **Le battement de mon cœur** (1299★★★)
Seule l'amitié résiste à l'usure des ans.

DAUDET Alphonse
Tartarin de Tarascon (34★)
Sa vantardise en a fait un héros immortel.
Lettres de mon moulin (844★)
Le curé de Cucugnan, la chèvre de M. Seguin... Des amis de toujours.

DECAUX Alain
Les grands mystères du passé (1724★★★★)
Les énigmes historiques les plus célèbres. J'ai Lu l'histoire.

DÉCURÉ Danielle
Vous avez vu le pilote ? c'est une femme ! (1466★★★)
Un récit truculent par la première femme pilote de long courrier. Illustré.

DEL CASTILLO Michel
Les Louves de l'Escurial (1725★★★★)
A la cour d'Espagne, horreur, fanatisme mais aussi tendresse. J'ai Lu l'histoire.

DÉON Michel
Louis XIV par lui-même (1693★★★)
Un grand roi raconté par lui-même. J'ai Lu l'histoire.

DHÔTEL André
Le pays où l'on n'arrive jamais (61★★)
Deux enfants découvrent le pays où leurs rêves deviennent réalité.

DOCTOROW E.L.

Ragtime (825★★★)
Un tableau endiablé et féroce de la réalité américaine au début du siècle.

DORIN Françoise

Les lits à une place (1369★★★★)
... ceux où l'on ne dort pas forcément seul.
Les miroirs truqués (1519★★★★)
Peut-on échapper au réel et vivre dans l'illusion ?

DRUCKER Michel

La chaîne (1218★★★★)
Peut-on pirater le journal télévisé ?

DUTOURD Jean

Mémoires de Mary Watson (1312★★★)
Venue pour consulter Sherlock Holmes, Mary Morstan épousera le Dr Watson. Elle raconte son histoire à sa manière.
Henri ou l'éducation nationale (1679★★★)
La révolte contre la bêtise.

EXMELIN A.O.

Histoire des Frères de la côte (1695★★★★)
En 1668, Exmelin devient le médecin des flibustiers des Antilles. J'ai Lu l'histoire.

FERRIÈRE Jean-Pierre

La nuit de Mme Hyde (933★★★)
Passer du second rôle au premier, c'est risquer la mort ou pire.
Jamais plus comme avant (1241★★★)
En recherchant ses amis d'il y a vingt ans, Marina se trouvera-t-elle ?
Le diable ne fait pas crédit (1339★★)
Mathieu veut se venger d'un couple d'amants pervers.
Chambres séparées (1376★★★)
Deux femmes peuvent-elles échanger leur destin ?

FIELDING Joy

Dis au revoir à Maman (1276★★★)
Il vient de lui « voler » ses enfants. Une femme lutte pour les reprendre.

FLAUBERT Gustave

Madame Bovary (103★★)
De cet adultère provincial Flaubert a fait un chef-d'œuvre

FRANCOS Ania

Sauve-toi, Lola (1678★★★★)
Une femme lutte gaiement contre la maladie.

FRISON-ROCHE

La peau de bison (715★★)
La passion des grands espaces pourra-t-elle sauver de la drogue cet adolescent ?
La vallée sans hommes (775★★★)
Dans le Grand Nord, il s'engage sur la Nahanni, la rivière dont on ne revient pas.
Carnets sahariens (866★★★)
Le chant du sable et du silence.
Premier de cordée (936★★★)
Cet appel envoûtant des cimes inviolées est devenu un classique.
La grande crevasse (951★★★)
La montagne apporte la paix du cœur à un homme déchiré.
Retour à la montagne (960★★★)
Pour son fils, Brigitte doit vaincre l'hostilité des hommes et des cimes.
La piste oubliée (1054★★★)
Dans les cimes bleues du Hoggar, Beaufort, l'officier, et Lignac, le savant, cherchent à retrouver une piste secrète.
La Montagne aux Écritures (1064★★★)
Où est la mission Beaufort-Lignac ? Le capitaine Verdier part à sa recherche.
Le rendez-vous d'Essendilène (1078★★★)
Perdue, seule au cœur du désert....
Le rapt (1181★★★★)
Perdue dans le Grand Nord, Kristina sera-t-elle sauvée ?
Djebel Amour (1225★★★★)
Devenue la princesse Tidjania, elle fut la première Française à régner au Sahara.
La dernière migration (1243★★★★)
La civilisation moderne va-t-elle faire disparaître les derniers Lapons ?
Peuples chasseurs de l'Arctique (1327★★★★)
La rude vie des Eskimos, chasseurs d'ours et de caribous, et pêcheurs de phoques. Illustré.
Les montagnards de la nuit (1442★★★★)
Une grande épopée de la Résistance.
Le versant du soleil (2t. 1451★★★★, 1452★★★★)
La vie de l'auteur : une aventure passionnante.
Nahanni (1579★★★)
Une extraordinaire expédition dans le Grand Nord. Illustré.

GALLO Max
La baie des Anges :
1 – La baie des Anges (860★★★★)
2 – Le palais des Fêtes (861★★★★)
3 – La promenade des Anglais (862★★★★)
De 1890 à nos jours, la grande saga de la famille Revelli.

GEDGE Pauline
La dame du Nil (2t. 1223★★★ et 1224 ★★★)
Elle fut pharaon et partagea un impossible amour avec l'architecte qui construisait son tombeau.
Les seigneurs de la lande
(2t. 1345★★★★ et 1346★★★★)
Chez les Celtes, deux hommes et deux femmes aiment et se déchirent tout en essayant de repousser l'envahisseur romain.

GRAY Martin
Le livre de la vie (839★★)
Cet homme qui a connu le plus grand des malheurs ne parle que d'espoir.
Les forces de la vie (840★★)
Pour ceux qui cherchent comment exprimer leur besoin d'amour.
Le nouveau livre (1295★★★)
Chaque jour de l'année, une question, un espoir, une joie.

GRÉGOIRE Menie
Tournelune (1654★★★)
Une femme du XIXe siècle revit aujourd'hui.

GROULT Flora
Maxime ou la déchirure (518★★)
A quarante ans, quitter Pierre, est-ce une défaite ou un espoir d'accomplissement ?
Un seul ennui, les jours raccourcissent
(897★★)
... mais qu'ils sont passionnés encore pour une femme qui redécouvre l'amour.
Ni tout à fait la même, ni tout à fait une autre... (1174★★★)
Elle ne subit plus son destin, elle le choisit.
Une vie n'est pas assez (1450★★★)
A Mexico, elle retrouve son premier amour.
Mémoires de moi (1567★★)
L'enfance et l'adolescence de l'auteur.

GUEST Judith
Des gens comme les autres (909★★★)
Après un suicide manqué, un adolescent redécouvre ses parents

GURGAND Marguerite
Les demoiselles de Beaumoreau (1282★★★)
Arrivées en Poitou par le froid hiver 1804, elles deviennent bientôt l'âme du village.

GUTCHEON Beth
Une si longue attente (1670★★★★)
Alex, sept ans, parti pour l'école, disparaît.

HALEY Alex
Racines (2t. 968★★★★ et 969 ★★★★)
Triomphe mondial de la littérature et de la TV, le drame des esclaves noirs en Amérique.

HAYDEN Torey L.
L'enfant qui ne pleurait pas (1606★★★)
Le sauvetage d'une enfant condamnée à la folie.
Kevin le révolté (1711★★★★)
A quinze ans Kevin se cache et refuse de parler.

HÉBRARD Frédérique
Un mari, c'est un mari (823★★)
... et une épouse un lave-vaisselle ?
La vie reprendra au printemps (1131★★)
Il a tout conquis, sauf la liberté.
La chambre de Goethe (1398★★★)
La dernière guerre vue à travers les yeux d'une petite fille.
Un visage (1505★★)
Le regard naïf et lucide d'une jeune fille sur le monde du théâtre.

HENSTELL Diana
L'enfant au miroir (1681★★★★)
Une mère peut-elle craindre son propre fils ?

JACOB Yves
Mandrin, le voleur d'impôts (1694★★★)
L'histoire vraie d'un personnage célèbre. J'ai Lu l'histoire.

JAGGER Brenda
Les chemins de Maison Haute
(2t. 1436★★★★ et 1437★★★★)
Mariée de force à seize ans, elle lutte pour son bonheur.
Le silex et la rose
(2t. 1604★★★★ et 1605★★★★)
La suite exceptionnelle des Chemins de Maison Haute.

Achevé d'imprimer sur les presses de l'imprimerie Brodard et Taupin
58, rue Jean Bleuzen, Vanves. Usine de La Flèche,
le 15 janvier 1985
1393-5 Dépôt légal janvier 1985. ISBN : 2 - 277 - 21762 - X
Imprimé en France

J'AI LU
1762
★★

Editions J'ai Lu
27, rue Cassette, 75006 Paris
diffusion France et étranger : Flammarion